PRIX : 60 centimes.

...MAND SILVESTRE

LES

VEILLÉES GALANTES

PARIS

ERNEST FLAMMARION, ÉDITEUR

26, rue Racine, 26.

LES

VEILLÉES GALANTES

OUVRAGES DU MÊME AUTEUR

ÉMILE COLIN — IMPRIMERIE DE LAGNY

ARMAND SILVESTRE

LES

VEILLÉES GALANTES

PARIS

ERNEST FLAMMARION, ÉDITEUR

26, RUE RACINE, PRÈS L'ODÉON

LES
VEILLÉES GALANTES

BABOULI

Ce fut un étonnement dans les deux mondes, celui des saltimbanques et l'autre qui n'est qu'en apparence le moins nombreux, quand on y apprit que le célèbre Babouli était traduit devant les assises sous l'inculpation d'assassinat. Babouli, estimé de ses camarades, était ce prodigieux artiste dont les merveilles de dislocation avaient longtemps fait la fortune des cirques forains. Il n'avait jamais eu son pareil pour se plier en deux sur un tapis large comme un mouchoir, pour boire un verre de vin posé à terre entre ses propres pieds sans en répandre une goutte, pour donner à sa tête le ballant d'une cloche, pour s'enfermer dans un cube de dimensions invraisemblables et qu'on refermait sur lui. C'était un morceau de caoutchouc fait homme, une substance élastique sans musculature résistante, sans ossature pouvant se briser. Il devait ces qualités remarquables à une éducation sévère, ses excellents parents l'ayant soumis tout jeune à une série de tortures graduées. Mais il avait bien profité de leurs leçons, et cette instruction solide n'était pas tombée sur un sol ingrat.

Hélas ! C'est son mérite même qui devait le perdre. Un crime fut commis dans des circonstances tellement spéciales que le coupable ne pouvait échapper à la justice et que la justice elle-même ne pouvait s'y tromper. Il fut établi, en effet, que l'assassin n'avait pu pénétrer chez la victime que par un trou en spirale mesurant quarante centimètres de diamètre et qu'il avait dû s'y cacher tout un jour dans l'unique meuble de la maison, lequel était une huche à pain de côté rectangulaire et haute de trente-cinq centimètres.

Le malheur avait voulu que Babouli, alors sans engagement, fût vu rôdant dans les environs la veille du meurtre. Soumis à une reconstitution du crime, il passa fort bien par le trou et put être caché dans la huche, ce qui était assez concluant. Ce qui acheva de le perdre, c'est qu'on trouva dans ses poches le porte-monnaie de l'assassiné, son trousseau de clefs et des valeurs nominatives que Babouli n'avait pas encore eu le temps de faire mettre au porteur. Il n'en continua pas moins de nier, mais juste assez pour avoir une attitude digne d'un gentleman devant le prétoire.

Le jury qui ne contenait pas un seul amateur de scènes en plein vent, mais plusieurs boulangers ayant chez eux des huches, le condamna sans pitié. Sa condamnation fut même accompagnée de considérants désagréables. La cour de cassation, qui avait hâte d'entrer en vacances, rejeta son pourvoi, et M. le président de la République refusa de signer sa grâce, en disant qu'un homme qui avait de telles qualités de souplesse naturelle, et qui n'était pas entré dans la politique, était certainement un serin.

*
* *

La tenue de Babouli à la grande Roquette, en attendant son sort, fut assez convenable, à part quelques tours qu'il se permit de jouer à ses gardiens. C'est ainsi que, pendant plusieurs jours, il refusa de prendre toute nourriture autrement que la tête entre les jambes, ce qui força ces malheureux à lui donner à manger comme on a coutume d'offrir les lavements. Durant toute une semaine,

il s'exerça à se ratatiner si bien dans sa camisole
de force, en s'y roulant dans un coin et en s'y tas-
sant, qu'il semblait qu'il en fût complètement disparu, le vêtement gisant à terre comme une loque
vide. On crut à son évasion et on passa des nuits
entières à le chercher sur les toits. Quelquefois il
se posait sur les mains et le directeur de la prison,
qui était extrêmement myope, venait se bouter le
visage à deux pas de son derrière, pour lui parler,
prenant pour ses bras ses jambes qu'il avait repliées
en anses sur ses hanches retournées. Ces menus
délassements lui firent passer assez bien le temps
qui précéda son exécution, joints à quelques par-
ties de domino qu'il gagna, ayant l'habitude invé-
térée de tricher au jeu. Il lisait aussi les journaux
avec intérêt, ceux seulement où il était parlé de
lui. Car il avait eu toujours un goût considérable
pour la publicité. Il avait même écrit un brin de
mémoires, mais avec une orthographe telle que les
premiers fascicules soumis, par curiosité, à plusieurs membres de l'Académie des Inscriptions et
Belles-Lettres, avaient été pris pour des manuscrits
éthiopiens par ces derniers. Et vous savez cependant que ces savants cunéiformes ne s'y trompent
que rarement. Ils ont coutume de vous décrotter
le secret des vieilles écritures avec autant de faci-
lité que je me mouche.

Enfin le matin suprême arriva. La dernière toilette fut sommaire. Babouli n'avait aucun instinct
de coquetterie et on n'eut pas même à lui rafraî-
chir les cheveux par la bonne raison qu'il n'en
avait plus un, bien que dans la fleur de l'âge encore. Sollicité de prendre quelques aliments, il
demanda un chaufroid de volailles de chez Potel
et Chabot. On lui fit observer doucement qu'en faisant la commande, on l'obtiendrait à grand'peine
avant midi. — « C'est bien, répondit-il sèchement.
Alors il ne fallait pas me mettre l'eau à la bouche. »
Et il n'insista pas davantage. L'autorisation d'écrire
deux volumes sur la peine de mort lui fut également refusée.

Au résumé, on fut extrêmement rosse avec lui.

*
* *

La place des expiations offre toujours le même
spectacle hideux : un monde de filles et de souteneurs
refoulé à grand'peine dans les ruelles avoisinantes
par la maréchaussée. Il faut que la prostitution
soit bien inoccupée pour chercher avec tant de rut
de si hideux plaisirs. C'était un glapissement de
voix éraillées par l'alcool, un torrent de fange humaine semblant chercher son égout. Il paraît que
rassembler en comices cette jolie société s'appelle

faire un exemple. C'est tout au moins ce que sou-
tiennent les adversaires de la loi Bardoux. Je vous
dis que ce brouhaha sous le jour naissant était une
chose abominable, une insulte des hommes à la
majesté sereine du soleil levant!

Enfin le supplicié franchit la porte fatale ouverte
à deux battants. Il fit comme les autres : il em-
brassa le prêtre, sans avoir cependant d'idées
théologiques bien arrêtées. Quelques démocrates
insultèrent le curé tout pâle qui pleurait. Ce gage
donné à la pureté de leurs opinions, ils recom-
mencèrent à boire pour se donner à eux-mêmes du
cœur.

Babouli fit, sans trop d'hésitation, le terrible
chemin. Arrivé devant la bascule, l'exécuteur l'y
poussa vivement, comme on dit, à une porte,
quand on n'y arrive pas seul : Monsieur, après
vous !

Alors se passa un fait incroyable vraiment, mais
dont je garantis l'authenticité absolue. Au moment
où sa tête allait atteindre la lunette, la planche ayant
fait son fatal demi-tour, par un effort de reins qu'un
acrobate seul pouvait réaliser, l'homme-caoutchouc
enfouit brusquement son chef sous son ventre, se
pliant en deux et le ramenant jusque sous ses
pieds. Et comme les aides poussaient toujours en
avant tandis que leur chef abaissait la demi-lunette

supérieure sur ce qui se trouvait devant lui, ce fut le derrière que le malheureux eut amputé, le couteau justicier s'étant abaissé avec un bruit sourd.

Son fondement roula dans le son, tandis que le reste de son corps ramassé s'affalait dans le panier.

Ce fut si rapide que le public ne s'aperçut absolument de rien. Personne ne songea à reprocher au bourreau de n'avoir pas saisi par les cheveux pour la montrer à la foule une tête absolument chauve, et tout le monde se retira silencieux, recueilli et murmurant que la justice humaine était satisfaite.

Et, en réalité, Babouli n'avait pas survécu une seconde à l'opération, emporté par une hémorragie subite.

Le bourreau se garda bien d'appeler l'attention des autorités sur sa méprise et remit aux savants de la Faculté, avec le cérémonial d'usage, ce que ceux-ci prirent pour la tête du supplicié.

*
* *

Le docteur Puybaudet et le docteur Roustouland ont posé devant eux ce qu'ils continuent à croire le chef de Babouli.

— Comme il avait le front large et développé ! dit le docteur Puybaudet.

— Voyez-vous comme il était visiblement partagé en deux lobes considérables! continua le docteur Roustouland. C'est un indice certain de férocité.

— Un seul œil, tout petit, mais d'une mauvaise expression.

— Pardon, Puybaudet; mais ce que vous prenez pour l'œil c'est la bouche.

— En effet. Tiens! il n'avait plus de dents. C'est égal, Roustouland, l'ablation de la tête nous défigure bigrement.

— Le fait est qu'il aurait de la peine à faire une conquête.

— Lui faisons-nous quelques mistoufles électriques?

— Volontiers, mon cher Puybaudet. Ça passe toujours le temps.

— Comme ces joues grimacent sous l'action de la pile! On dirait qu'il va éternuer.

— Chatouillez-lui donc un peu le menton pour voir s'il rira.

— Non. Il reste mélancolique. C'est étonnant comme l'impression de la guillotine le poursuit longtemps.

— Assez de courants, n'est-ce pas?

— Ma foi, oui. De quoi forcer Paul Bert à nous faire une petite réclame et rien de plus.

— Essayons-nous d'injecter un peu d'air, maintenant?

— Pourquoi pas? Tout changement d'occupation,
dit Hippocrate, est une distraction utile à la santé.

Et, par la large ouverture béante servant de
base à ce morceau d'homme, les deux savants
commencèrent à faire des insufflations d'oxygène
d'abord, puis d'air naturel après. Comment le jet
fut-il dirigé un moment? Toujours est-il qu'il en
arriva une partie dans le pertuis que ces messieurs
avaient pris d'abord pour l'œil, puis pour la bouche de cette fausse tête.

Le pertuis exhala immédiatement un son.

— Est-ce vous, Puybaudet?

— Non, ma parole, Roustouland!

— Ni moi non plus, je vous le jure.

Par le petit trou l'air continuait à passer en
s'égrenant pour ainsi parler.

Les deux hommes de science étaient très pâles.

— Il fait des aveux! dit Puybaudet avec solennité.

— Comme ça leur change la voix! continua
Roustouland. Écoutons!

Et ils notèrent soigneusement les soupirs pos-
thumes, artificiels, les plaintes d'outre-tombe du
malheureux Babouli, croyant recueillir sa confes-
sion suprême.

— Je connais un peu le langage des fleurs, dit Puybaudet. Or, voilà ce que j'ai compris : « C'est la culpabilité seule qui m'a conduit au seuil du crime. »

— Moi, j'ai seulement compté, dit Roustouland. J'ai compté soixante-neuf. L'âge de la victime, probablement.

— Innocent! murmura Puybaudet.

— C'est égal, voilà un rude résultat physiologique, et la justice humaine nous doit une fameuse chandelle!

Et tous deux adressèrent au parquet un rapport contenant les derniers détails révélés sur son propre crime par l'assassin Babouli, dit l'homme-caoutchouc.

AFFAIRE D'HONNEUR

— Sacristi! dis-je à Jacques, voici un monsieur qui vient de te lancer un regard peu bienveillant.

— Té! c'est le vicomte Honoré Leperluis de Lavestoupière! En effet, chaque fois qu'il me rencontre, il se croit obligé de me faire cette figure-là.

— Qui ça, ce Lavestoupière?

— Autrefois, un fat et un spadassin; aujourd'hui, je crois, un simple imbécile inoffensif. Il a quitté le service depuis longtemps déjà et vit d'une petite rente que lui fait encore sa famille. Il met une certaine gloriole à être inutile à la société et y réussit absolument.

— Et où l'as-tu connu?

— Au régiment, parbleu! Durant que, afin d'a-

voir quelques années de plus pour me présenter à
Saint-Cyr, je servais comme engagé volontaire, cet
animal poursuivait les galons de fourrier.

— Mais que diable lui as-tu fait?

— L'honneur de me battre avec lui.

— Un vrai duel, sur le terrain?

— Sur le terrain.

— L'usage n'est pas cependant, entre gens de
cœur, de se bouder, après s'être trouvés l'épée au
poing, face à face.

— Face à face, soit! Mais ce n'est pas tout à fait
cela.

— Comment! le lâche t'aurait-il montré son...

— Non, c'est moi qui... enfin! Laisse-moi te
conter la chose. Cela vaudrait beaucoup mieux que
d'exercer ton imagination à la dénaturer.

— Soit, camarade.

Et, chacun ayant allumé une cigarette, Jacques
monologua comme il suit :

*\
* *

— Peu aimé de ses chefs, ce Lavestoupière était
positivement la terreur de ses camarades. Très
glorieux de sa naissance dont sa mère seule connaissait le secret, — on m'a dit depuis qu'elle avait
été la bonne amie d'un apothicaire, — très entiché

de son titre qui remontait à une bonne dizaine
d'années, ce qui ne nous ramène pas tout à fait aux
Croisades, il affectait des façons aristocratiques et
méprisantes souvent. Il vivait parmi nous comme
ces oiseaux d'espèce rare qui, dans les volières,
ne frayent pas avec les simples poulets, lesquels
sont cependant infiniment meilleurs à manger.
Tout, dans sa tenue, nous faisait sentir que notre
compagnie n'était pas pour flatter ses goûts supé-
rieurs aux nôtres. Si cela ne fait pas pitié, quand
on a pour toit commun l'ombre du drapeau! Le
pis est que personne, ou à peu près, n'osait lui dire
son fait. Il avait une renommée de tireur qui ne
donnait pas envie de lui chercher querelle et travaillait dans des salles d'armes civiles tandis
qu'aux heures inoccupées, nous baguenaudions
dans les bois en cueillant des baguettes. De plus,
il avait un protecteur puissant dont aucun n'eût
voulu encourir la mauvaise humeur, le vieux général Peytenvin, lequel commandait la place et était
tout-puissant. Cette mazette de guerrier sur le retour ne rêvait-elle pas de décrasser tardivement sa
roture en mariant sa fille Berthe avec le vicomte ?
Il est vrai que cette charmante personne semblait
se prêter mal à la combinaison paternelle. Elle ac-
cueillait plus que froidement les marivaudages de
Lavestoupière qui était d'un tempérament essen-

tiellement madrigaleux. Des camarades bienveillants ont prétendu qu'elle m'avait distingué...
Après tout, ce n'a pas été la seule.

Et, toujours modeste, Jacques soupira en pen-
sant à ses bonnes fortunes.

*
* *

— Tout en étant fort assidu, continua-t-il, dans
la maison du général, où l'on ne manquait pas une
occasion de l'attirer, Lavestoupière ne négligeait
pas les aventures moins purement matrimoniales
qui, seules, rendent supportable la vie de garni-
son. Il avait de grands succès, à Melun, avec les
demoiselles de boutique. La parfumerie et la con-
fiserie n'avaient pas de rebelles pour lui. Julienne
n'était ni parfumeuse ni confiseuse. Je ne me rappelle plus au juste le grade qu'elle occupait dans
la hiérarchie commerciale de cette antique cité
dont la métropole a deux tours comme Notre-
Dame. Ce dont je me souviens bien, c'est des
charmes exquis de sa personne. Ni petite ni
grande, une admirable chevelure noire, des dents
d'enfant, laiteuses et toutes petites, d'adorables
mains, un pied qui équivalait à un blason. Je ne
crois pas volontiers aux confidences de ceux qui
racontent leurs succès auprès des femmes. Mais

on m'eût dit qu'elle avait de superbes hanches, les
cuisses fortes et d'un beau dessin, le mollet un
peu haut mais d'une rondeur adorable, qu'on ne
m'eût guère rien appris que je n'eusse deviné. Car
la beauté a sa logique comme toutes les choses,
et tel attrait extérieur est le garant d'un autre
caché, comme ces signes dont Lavater a tenté d'é-
tudier la correspondance mystérieuse et les obscures parentés. Que cette adorable fille fût faite
pour cet animal, je n'étais guère disposé à l'ad-
mettre, d'autant que j'en étais moi-même éperdu-
ment amoureux. Bientôt notre rivalité ne fut un
secret pour personne au régiment. On en riait et
je suis fier de dire qu'on faisait tout bas des vœux
pour moi. Lavestoupière affecta d'abord de ne pas
faire grande attention à mes faits et gestes. Puis
l'inquiétude lui vint, une inquiétude que sa mor-
gue naturelle contenait. La jalousie acheva de le
rendre ridicule. Un soir qu'il allait flâner sous les
fenêtres de Julienne, il me rencontra sur son chemin. — En voici assez, maroufle! me dit-il fort
impertinemment. Et du geste d'un gentilhomme
qui secoue le tabac de son jabot, il me posa sur le
bout du nez une chiquenaude. J'y répondis par un
énorme soufflet dont le vent faillit nous faire tomber un volet sur la tête. — V'lan !

Le lendemain notre rencontre était mentionnée

au rapport, et toutes les dispositions étaient prises pour que nous nous coupions la gorge décemment.

* * *

Tu te rappelles ces duels de soldats que réglemente la surveillance sévère du maître d'armes du régiment. On se met nu jusqu'à la ceinture ; vous êtes placés très loin l'un de l'autre, et en avant ! Le professeur est là pour éviter les coups mortels qui priveraient la patrie d'un soldat. Exquis mais rigide, le maître d'armes que nous avions, le père Lambert comme nous l'appelions. Je n'ai jamais connu un plus brave homme ni un citoyen mieux brouillé avec la langue française. Vous lui auriez promis la couronne de Danemark avec le titre d'Hamlet XXVII que vous ne l'auriez pas empêché de dire un « contre de carpe » et le « poumon » de l'épée, sans préjudice du verbe *feinter* qu'il avait substitué au verbe *feindre* et qu'il conjuguait dans tous ses temps sur le verbe *aimer*. N'empêche que j'aurais mieux aimé (pas feinté, s'il vous plaît) loger dans mon humble carcasse l'âme droite, virile et honnête de ce plastron vivant que celle de beaucoup de sous-préfets et autres académiciens politiques. Tiens ! prenons donc un verre de curaçao, à la santé de ce brave Lambert !...

— Volontiers, Jacques.

Et il fut fait comme l'avait voulu mon ami.

— Dans les affaires d'honneur entre troupiers, Lambert était particulièrement sublime. Humain, prudent, paternel au fond, il ne faisait grâce à ses clients d'aucune des subtilités que la tradition militaire introduisit dans ce genre de combats singuliers. Il commençait par en lire le règlement *in extenso* à haute voix, ce qui, pour des gens sans chemises, était, en hiver particulièrement, une distraction médiocre. Puis il ajoutait quelques principes essentiels dont il se croyait le dépositaire sacré, tel que celui-ci, par exemple, qu'il gardait, comme on dit, pour la bonne bouche : « Aussitôt qu'un des adversaires (il prononçait sensiblement : *aniversaire,* mais je rectifie) est touché, l'autre doit généreusement, et oubliant toute rancune indigne d'un soldat, s'approcher de lui et sucer légèrement le sang de sa blessure afin d'éviter une extravasion du liquide vital ou quelque autre accident préjudiciable à la santé. » (*Historique.*)

Et le bougre y tenait la main.

*
* *

Flamberge au vent ! Lavestoupière et moi ve-

nions de croiser le fer. J'eus bientôt le triste pres-
sentiment que j'allais recevoir dans le bas-ventre
quelque mauvais coup. Habitué à la leçon de duel
que nous ne soupçonnions pas, nous autres simples tireurs de fleuret, Lavestoupière tenait le poignet en quarte à la hauteur du nombril, la lame
horizontale, et menaçait constamment la ligne
basse, qu'on défend peu, dans les jeux de salle,
puisque les coups de bouton n'y comptent pas. Je
me sentais perdu. C'est alors que me vint une inspiration subite, un commentaire admirable de la
dernière prescription que le père Lambert nous
avait donnée, et que j'ai relatée plus haut, celle
qui concerne les devoirs envers l'ennemi blessé.
Houp! au moment où je me vis serré de trop près,
je rejoignis brusquement le pied droit au gauche,
en faisant volte-face, ou plutôt volte-derrière,
mouvement si inattendu que le père Lambert ne
songea même pas à l'empêcher. La distance ainsi
gagnée me sauva de l'attaque directe, mais Lavestoupière, n'ayant pas à craindre ma riposte (nous
ne nous battions pas au pistolet, te ferai-je observer), redoubla, remisa, et je sentis sa pointe qui
m'égratignait très bas au-dessous des reins... —
comment préciser l'endroit? — où les hémis-
phères fondamentaux se séparent, juste au ras de
l'endroit où l'on s'assied.

— Touché! fis-je, avec une loyauté profonde.

— Otez votre pantalon! cria le père Lambert, positivement suffoqué de surprise et d'indignation.

J'étais bien touché. Une rosée de sang clair mouillait le treillis de mes culottes.

— Brigadier Lavestoupière, faites votre devoir!

Lavestoupière eut un sursaut.

Du bout de son fleuret moucheté, Lambert lui montra impérieusement ma blessure.

Comment, il fallait qu'avec ses lèvres il vînt me faire une ponction!

Le malheureux était pâle comme un mort.

Mais le père Lambert fut inflexible et le pauvre brigadier dut s'agenouiller pour me rendre le menu service prescrit et m'empêcher une fluxion sanguine où vous savez. Ça me chatouillait horriblement! Il me sembla entendre, derrière une haie qui fermait d'un côté le paysage, un petit éclat de rire et le roulement d'une voiture qui s'en allait.

*
* *

Et ce n'était pas un rêve.

Ce malheureux Lavestoupière n'avait-il pas

imaginé d'inviter le général Peytenvin et sa fu-
ture à le venir voir, derrière un rideau de verdure, me donner une correction ! O juste punition
de ce besoin de gloriole et de cet instinct de van-
tardise ! Quand, le soir, il voulut poser sa mous-
tache sur la main de la charmante Berthe, celle-ci
recula vivement ses doigts en faisant : Pouah !

Et le lendemain, le général Peytenvin, qui n'a-
vait qu'une parole, lui dit : « Tout est rompu, mon
gendre, à mon grand regret. Ce n'est pas ma faute
et je ne vous en estime pas moins, militairement
parlant. Mais depuis que ma fille vous a vu embrasser dévotieusement le derrière de votre camarade, elle me déclare que l'intimité conjugale lui
serait impossible avec vous. Nous tâcherons de
vous faire nommer maréchal des logis pour vous
rendre un peu de prestige. »

Ainsi parla le guerrier sans reproche. Lavestoupière, dont tout le monde riait, quitta le régiment. Il a, depuis ce temps-là, un mauvais caractère et ne peut pas, en particulier, me sentir.

— Une fois lui avait suffi, Jacques.

Et tous deux, Jacques et moi, d'un commun accord, nous jetâmes notre cigarette qui était finie.

VAISSEAU-FANTOME

— Regardez donc, ma mie, ce gros nuage à l'horizon, dit le commandant Laripète à sa femme; ne vous fait-il pas l'effet d'un poisson énorme se débattant dans un bouillonnement du flot qui l'a jeté sur la grève ?

— Comme chacun voit ce qu'il veut dans ces mirages du couchant ! répondit Jacques, à qui personne n'avait parlé. Il me fait, à moi, l'effet d'un monument superbe incendié, d'où se dégagent des fumées épaisses s'enroulant en lourdes spirales sur la toiture.

— Ça n'a pas le sens commun, reprit le commandant. Comment, vous n'apercevez pas distinctement le dos squameux du monstre débordé par l'écume des vagues qui s'y éparpillent en pendeloques d'argent et d'azur ?

— C'est trop fort, poursuivit Jacques... L'architecture calme et presque classique de mon palais de flammes ne vous crève pas les yeux et vous ne sentez pas d'ici l'odeur tiède des poutres embrasées d'où montent ces vapeurs d'un rose sinistre ? Car enfin, ce rouge, comment l'expliquez-vous, avec votre poisson ?

— Par quelque méchant coup qu'il aura reçu avant d'échouer sur le sable.

— Moi, dit la commandante, ça me fait simplement l'effet d'un long fourneau économique sur lequel chauffent des ragoûts variés. A votre tour, amiral, de donner votre avis.

Le Kelpudubec, rêveur déjà depuis un moment, ne répondit pas tout de suite. Il se gratta méthodiquement le nez, ce qui était chez lui le signe d'une méditation véhémente. Puis, enfin, rompant le silence avec un grand bruit de casse-noisettes, — car il secouait toujours la bouche en parlant, comme un vieux cheval son mors, et ses dents en profitaient pour claquer les unes contre les autres, unique distraction que leur permît la gastrite persistante du vieux héros, — il dit avec une façon de gravité comique :

— Ce gros nuage qui monte lentement comme soulevé par d'autres petits nuages est pour moi l'image vivante et tout à fait pittoresque du navire que montait le capitaine Rothenfluth de la marine marchande de Copenhague.

— Une aventure? demanda la commandante.

— Un souvenir — un récit de marin — presque une légende que je vous puis conter en quelques mots.

Et l'amiral, ayant croisé ses jambes avec un grincement de girouette dans le vent du soir, continua sans plus se faire prier.

*
* *

— Le capitaine Rothenfluth faisait, de vous à moi, un métier abominable. Ce n'était pas absolument la traite, mais ça y ressemblait furieusement. Il travaillait, en effet, pour les industriels qui employent les Chinois et les assomment de travaux comparables à ceux qui rendirent le séjour de l'Égypte insupportable aux Juifs, à l'époque où Joseph se conduisait si impoliment avec madame Putiphar. On appelle *coolies* ces fils du Ciel qui s'expatrient à demi volontairement pour aller servir au dehors des maîtres généralement sans pitié. Comme dans les opéras-comiques d'antan, on profite de quelque désespoir d'amour pour les engager à faire cette sottise ou bien, plus simplement, on les grise et on leur fait signer des pa-

piers dont ils ne comprennent pas le premier mot.
Une fois à bord, ils s'aperçoivent bien vite qu'ils
ont été odieusement trompés. Mais le vaisseau est
au large et la fuite impossible. Adieu le paysage
paternel au ciel traversé de vol de cigognes, les
lacs bleus où de grands cyprins d'or à têtes de
dragons prennent leurs ébats, les tours de porce-
laine s'étageant à l'horizon et les toits retroussés
des pagodes s'élevant majestueuses, parmi des ar-
chitectures de bambou ! Adieu les chansons de
Lï-ta-ï-pé montant dans l'air avec les éclats de
rire qui crépitent autour des bateaux de fleurs !
Ce réveil du prisonnier est, paraît-il, le plus terrible du monde. Mais tout est prévu pour affirmer
sa captivité. Les malheureux tentent-ils de se ré-
volter ? D'immenses tonneaux pleins de clous sont
répandus sur le pont du bâtiment et, comme on a
pris grand soin de leur retirer toute chaussure,
pendant leur lourd sommeil, impossible de faire un
pas sur ce chemin qui déchire, d'affronter ces
pointes innombrables que le hasard oriente, à
terre, suivant mille caprices cruels. La résignation
vient enfin à ces damnés, et ils subissent les plus
indignes traitements, sans se plaindre, heureux
encore si l'un d'entre eux a pu cacher, en partant,
dans ses vêtements, une petite provision d'opium
qu'il partage avec ses compagnons d'infortune, et

grâce à laquelle l'oubli de la liberté leur vient à
tous avec un irrémissible abêtissement.

— *Quos vult perdere Jupiter dementat*, dit sen-
tencieusement le commandant.

Le Kelpudubec, qui avait complètement oublié
son latin, lui lança un mauvais sourire. Puis il reprit :

*
* *

— Cette canaille de Rothenfluth était particulièrement cruel avec les *coolies* qu'il avait à son
bord. Il les entassait par centaines dans tous les
coins de son bâtiment et les nourrissait d'une façon déplorable. Jamais de viande. Des légumes,
des légumes secs sans saveur, datant d'étés anciens, ce qui n'est pas, comme pour les vins, un
surcroît de qualité. C'est ainsi que, pour le voyage
dont je veux parler, il leur avait réservé, pour
menu exclusif, un stock de haricots qu'il avait eu
presque pour rien dans je ne sais plus quel marché. Les mâtins étaient durs comme des balles.
Mais, vous aussi, n'ignorez pas que ce farineux,
tout en se resserrant, en se desséchant et en se vi-
dant, condense en soi, sans en rien perdre, ses
qualités naturelles. Tel, plus un élixir est précieux
plus est petit le flacon qui le contient. Ceci est essentiel à l'intelligence du phénomène qui ne tarda

pas à se manifester à bord. On filait, depuis trois jours, de Makao dans le sens de la Havane, et tout allait pour le mieux. Le capitaine s'applaudissait même de la propreté excessive de sa cargaison humaine. Pas une ordure à bord ! On eût pu croire qu'on emmenait des purs esprits. Le secret de cette réserve était pourtant bien simple. L'un des captifs, le nommé Ku-ki-ri, jeune homme de distinction qu'avait jeté dans le désordre le refus d'une petite main blanche, avait su dissimuler une vraie provision du narcotique exquis dont j'ai parlé plus haut, et en usait généreusement avec ses camarades. Or nul n'ignore les propriétés astringentes de l'opium et qu'il est comme une façon de verrou dont on ferme à volonté nos entrailles. Les pauvres Chinois, après quelques jours de ce régime, étaient pareils à ces bons vases clos dans lesquels les alchimistes entassent leurs drogues détestables. Ils auraient pu prendre pour devise la terrible épigraphe de l'enfer de Dante. On y aurait pu conserver, comme dans des garde-manger vivants, tout ce qu'on aurait voulu.

*
* *

Le cruel Rothenfluth se contentait d'y entasser des haricots. Bientôt un premier *coolie* gonfla d'une façon inquiétante. Sa santé n'était pas positivement mauvaise, mais ses joues étaient tendues comme des peaux de tambour, et tout le reste de sa personne était à l'avenant. Un ancien vétérinaire qui remplissait à bord les fonctions de capitaine d'armes conclut à un cas d'hydropisie. Il fit une ponction au malheureux, mais après une fuite de gaz qui dura quelques minutes, le Chinois se referma et continua d'engraisser déplorablement. Un second fut pris du même mal, puis un troisième, puis un quatrième. Le huitième jour, tous les *coolies*, sans exception, étaient enflés comme des outres. En même temps, ils devenaient très spirituels et très gais. Ils disaient qu'ils sentaient mille chatouillements aimables dans le cerveau et que le poids de leur corps, loin de les incommoder dans la marche, semblait les soutenir en l'air. Ce sentiment de bien-être allait en croissant, à mesure qu'ils devenaient plus gros.

Rothenfluth, voyant qu'ils glissaient sur le pont comme des ombres, plutôt qu'ils n'y cheminaient comme des mortels, et qu'ils se heurtaient entre eux, au moindre vent, comme les sphères en baudruche qui trinqueballent aux devantures des marchands de joujoux, eut l'idée vraiment absurde de leur faire river un pied aux planches du pont pour les y maintenir en place. Il avait compté sans le

nombre de ses victimes. Un jour qu'il faisait un
très chaud soleil, la température élevée exaspéra
la dilatation intérieure des *coolies*, et le poids spé-
cifique de ceux-ci diminuant toujours, le navire
commença à se soulever de la mer, comme en-
traîné par une équipe de ballons. Bientôt ce
mouvement d'ascension s'accentua, et un vent
considérable s'étant élevé, la quille se dégagea
complètement de l'eau, courut d'abord des bordées insensées en rasant les vagues, puis monta,
monta, suivant les caprices inconnus de l'atmo-
sphère. Rotenfluth hurlait, commandait, jurait, se
démenait, devenait fou. Le gouvernail, qui n'avait
plus où mordre, claquait comme une porte dans un
courant d'air. Les voiles se déchiraient sous la colère des souffles d'en haut, et cet étrange navire
continuait son chemin, dominant les archipels et
les terres fermes, avec son ancre qui pendait et
cueillait des étincelles aux nuages chargés de
fluides électriques.

Cependant, d'une part, l'air raréfié par la hauteur comprimait de moins en moins la peau des
Chinois devenus ronds comme des boules, et de
l'autre, le voisinage des astres attiédissait encore
leur gaz intérieur, si bien qu'à un moment donné,
l'un d'eux éclata avec un fracas épouvantable. Ce
fut le signal d'une série d'explosions qui privèrent

le navire de sa force ascensionnelle. Il commença
à descendre rapidement vers les abîmes, n'étant
plus soutenu que par quelques *coolies* obstinés qui
ne voulaient pas se décider à crever. Quel gouffre
s'ouvrit à sa chute ? Nul n'en connut la place. Mais
c'était bien fait pour le capitaine Rothenfluth.

L'amiral se tut.

— Onésime, dit la commandante à Laripète,
quand nous irons nous promener en ballon ensemble, je vous défends de manger des haricots !

LA PERMISSION

— Quel siècle pour moi que ces huit jours !
s'écria, de la meilleure foi du monde, le capitaine
Guy des Avettes en serrant sa jeune femme dans
ses bras.

Et elle — Julienne — autant vous dire bien vite
son nom — ne répondit rien. Car elle avait grand'-
peine à étouffer, dans sa jolie gorge, les sanglots
qui y montaient et qu'elle sentait ridicules.

Ne voilà-t-il pas une belle catastrophe qu'une
séparation de huit jours ! Le capitaine avait dû
les demander pour aller régler à Paris quelques
affaires de famille. Alors, pourquoi Julienne ne
l'accompagnait-elle pas ? Mon Dieu, parce que
tous les militaires ne sont pas riches. Beaucoup
de fils de famille pensent encore aujourd'hui qu'un
grade même modeste dans l'armée est ce qui con-

vient le mieux aux gens de naissance. On peut,
sans inconvénient aucun, s'appeler le brigadier
Montmorency. Vous savez que la dot réglementaire constitue aux officiers qui se marient juste
de quoi nourrir médiocrement leur femme. Donc
on s'était épousé par amour dans le ménage où je
vous fais entrer. Deux noms anciens et honora-
bles ; deux cœurs jeunes et aimants ; mais d'argent, guère. A cela près, tout pour être heureux :
le capitaine était un beau et grand garçon de très
fière mine, brave comme son épée, infiniment
loyal et doux. Quant à Julienne, c'était tout simplement un miracle de grâce et de simplicité, d'é-
légance native et de charmes immédiats, avec un
grand parfum d'aristocratie autour de sa personne.
Il est superflu de nier chez l'être humain ce qu'on
appelle la race et ce qui joue cependant un si grand
rôle dans le choix des animaux domestiques. Ce
n'est pas dans l'abrutissement des travaux ser-
viles que se forment et se transmettent les nobles
lignes, que se conservent les types empreints
d'une légitime fierté. Au simple dessin du nez et
de la bouche, l'observateur a bien vite reconnu les
ancêtres, et si nous trouvons parfois, dans les mi-
lieux dégradés, sur des visages de jeunes filles, ces
augustes signes, ces révoltes généreuses du sang,
c'est que la bâtardise n'est pas, Dieu merci ! un

vain mot, et que les personnes de bonne compagnie ont toujours pris le soin de réparer les er-
reurs du mariage par des consolations cherchées
dans les classes misérables, service que celles-ci
ont le tort de ne pas toujours estimer à sa valeur.

Mais je reviens à mon récit. Cinq minutes après
cette exclamation du capitaine et ces larmes con-
tenues de Julienne, M. Guy des Avettes, en petite
tenue, filait pour Paris.

* * *

Il n'est pas amusant, après six mois de mariage,
de demeurer seule dans une petite maison, à Coulommiers, même quand on a fait de ce petit coin
une oasis pleine de fleurs et de chants d'oiseaux.
Coulommiers est, à tout prendre, une petite ville
mélancolique où il pleut souvent, presque aussi
souvent qu'à Rouen, mais sans la compensation
d'une cathédrale superbe et d'un sucre de pomme
justement renommé. Coulommiers n'a, d'ailleurs,
donné le jour ni à Corneille ni à Flaubert. Et c'est
tant pis pour ce dernier. Car, pour ce qu'il est populaire dans sa ville natale, autant vaudrait certainement qu'il ait fait à une autre cité l'honneur
d'y recevoir le jour. Il n'y est pas connu comme
l'auteur de *Salambô* et de l'*Education sentimen-*

tale, qui sont, cependant, deux des plus beaux livres de ce siècle, mais simplement comme fils
d'un médecin qui fit grand bien dans le pays. Ce
tranquille penseur, ce poète puissant et suprêmement mélancolique, ne se fût pas déplu, j'en suis
sûr, sur les bords du Morin, notre petit fleuve
briard, vert et profond, si froid que les perches
seules y vivent à des profondeurs où la ligne les
poursuit à grand'peine ; rivière aimable au demeurant, sous son double rideau de saulaies, toute
bordée de hautes herbes et troublée seulement
quelquefois, à sa surface, par les mufles fumants
des vaches qui y viennent boire dans un grand
étincellement d'argent.

A deux, l'on est fort bien, dans ce paysage aux
lointains mouillés, aux verdures obstinées bien
avant dans l'automne, sans cesse traversé d'un vol
d'émeraude par le martin-pêcheur, animé çà et là
par un cliquetis de moulin dont la roue pleure de
larges gouttes avant de s'arrêter dans l'ombre d'une
vaste niche de pierre où les bergeronnettes viennent
becqueter, sur les cailloux luisants, l'eau fraîche-
ment remuée.

Mais seule ! seule dans le petit cottage tout
plein du souvenir de l'absent ! Julienne trouvait
le temps d'une longueur morose, tout en arro-
sant ses glaïeuls et ses dahlias dont l'automne

épanouissait les premières collerettes savamment
tuyautées, tout en jetant des graines à ses poules
favorites, sérail mignon d'un coq vaillant aux be-
sognes amoureuses, toujours accroupi sur ses tâ-
ches fécondantes, jetant sans cesse à l'air la fan-
fare de son dernier exploit. Vous connaissez le
proverbe : *Omne animal triste præter gallum...?*
Moi je n'ai jamais pu comprendre qu'une si belle
invention rendît un seul instant mélancolique.

Entre ces rustiques occupations, Julienne s'as-
seyait au piano et égratignait, sur les touches, du
bout de ses ongles rosés, quelque valse au rythme
alangui, capricieux et obscurci comme un souvenir. La nuit... la nuit, elle pensait au bien-aimé.

*
* *

Et lui, notre animal de capitaine !... Eh bien,
lui aussi, avait essuyé une petite larme avec
l'index de son gant d'ordonnance en montant
dans le wagon qui allait l'emporter loin de Julienne. Mais il avait emporté le dernier livre de
mon maître Banville et quelques cigares excellents dont un camarade avait bourré ses poches,
ce qui fit que le trajet ne dura pas plus qu'un vol
de flèche et qu'arrivé à Paris, une aimable diversion s'était déjà faite dans ses idées. Après tout,

ce n'était pas pour son plaisir qu'il quittait sa
femme et ce n'était pas non plus pour longtemps.
Il rapporterait à Coulommiers le modeste débris
de l'héritage qu'il allait recueillir et ferait cons-
truire à Julienne une volière dans le goût de celles
qui les faisaient s'arrêter longtemps devant un marchand d'oiseaux. C'est tout droit chez le notaire
que se dirigea M. des Avettes et il n'eut pas moins
de deux heures d'entretien avec cet officier minis-
tériel, ce qui, joint aux trois heures qu'il avait attendu avant d'être admis à le contempler face à
face, l'amena tout doucement jusqu'à l'heure du
dîner. Mais — heureusement pour les restaurants
— on ne dîne pas chez les notaires, et — heureusement peut-être aussi pour la morale — on ne
couche pas chez eux. Au café du Helder où il s'offrit une petite débauche, et dans les Champs-Ély-
sées où il se promena le soir, Guy remarqua que
les dernières modes seyaient admirablement aux
femmes et que les toilettes qu'elles portaient étaient
prodigieusement inspiratrices.

Une remarque à ce sujet : il existe certainement
un idéal plastique, un *summum* artistique, pour
ainsi parler, en matière de modes féminines. Je
croirais volontiers qu'on en était assez près, il y a
quelques années, quand nos amoureuses portaient
des robes si fort serrées aux jambes qu'on ne per-

dait rien des moindres mouvements de leurs nobles cuisses absolument moulées dans la flexibi-
lité tendue et soyeuse des étoffes. Je vous le dis,
en vérité, mes frères : c'était le bon temps ! Et ce
le sera toujours quand on se rapprochera de la nudité, laquelle demeure pour la femme, à travers
les âges, le plus superbe des vêtements. Mais ce
n'est pas tous les jours que les couturiers, experts
aux tablettes de proscription, et les costumières,
habiles à vendre les chiffons au poids de l'or, nous
donnent cette fête de nous montrer leurs clientes
dans un de ces déshabillés menteurs où les formes
sont sculpturalement figées comme les vagues
d'une mer polaire dont la glace a immobilisé le
mouvement et jusqu'à l'écume pareille aux chevelures féminines. Et quand ils ont eu un de ces
rares accès de condescendance à l'endroit de nos
regards, quelles revanches ils prennent ensuite !
Témoin cet odieux coussinet, ce sachet étrange-
ment placé, cette éponge en crin où les indiscré-
tions se perdent, où s'absorbent les muettes pensées, que les dames portent aujourd'hui à la chute
du dos, et qui fait comme une immense visière à
leur second visage, comme s'il y avait à craindre,
ainsi que pour le vieux Tobie, qu'une fiente d'oiseau leur y vînt brûler l'œil !

Et tout le reste des toilettes actuelles est à l'avenant, c'est-à-dire absurdement contraire à la vérité artistique, en insurrection complète contre cet idéal dont je parlais plus haut.

Et je n'en excuse pas moins le capitaine Guy des Avettes dans son admiration. Car c'est le pouvoir absolu de la femme, la preuve la plus inouïe de sa puissance souveraine, qu'elle arrive à donner, à tout ce qu'elle porte, un peu de son charme, et que les gens de goût, eux-mêmes, subitement pervertis, se prennent à trouver adorables de véritables horreurs par cela seul qu'elle en est revêtue et les revêt, à son tour, de son ineffable beauté. Ainsi, tour à tour, les paniers de nos aïeules et les fourreaux de nos grand'mères enchantèrent les poètes et les artistes, et je sais telle figure qui demeurerait aussi augustement belle sous le vase qu'on appelle : *amis*, dans les racines grecques, et que les gens mal élevés choisissent, seuls, avec un œil au fond, que coiffée du casque admirable de Minerve.

Au fait, que devient durant tout cela le capitaine Guy des Avettes ? Rentré seul à l'hôtel, le premier soir de son séjour à Paris, il n'eut pas, le lendemain, la même sagesse, non plus que les jours, ou mieux les soirs qui suivirent. Il retrouva une ancienne, puis deux anciennes, et toutes ces anciennes avaient des amies. Car on ne s'imagine pas combien les femmes sont liantes à Paris. Bref, cette semaine passa sur lui comme un rêve des Mille et une Nuits, en secouant sous ses yeux et entre ses bras des constellations de gorges liliales ou ambrées, de jambes rondelettes ou effilées, de chevelures blondes comme le miel ou sombres comme l'Achéron ; il plut des baisers et des serments ; ce fut comme une grande voie lactée de chairs blanches sur laquelle vogua son désir...

Il n'en écrivait pas moins, chaque matin, à Julienne, son petit billet mélancolique et plein des impatiences du retour.

*
* *

Le retour a eu lieu hier soir et nous retrouvons le capitaine et sa femme faisant, bras dessus, bras dessous, le tour du parterre que Mme des Avettes entretenait de fleurs sans cesse renouvelées. Dire que le capitaine était frais comme la plus belle rose de ce jardin, serait une exagération manifeste. Julienne, elle, avait un air alangui, mais où ne se sentaient pas les joies reconnaissantes que l'amour satisfait laisse dans les yeux meurtris, sous les paupières délicieusement bleuies. Ils arrivèrent ainsi silencieusement devant le poulailler où le coq, par deux fois, avant qu'ils eussent eu le

temps de s'arrêter, s'abattit, dans un ébouriffe-
ment de plumes d'or, sur deux de ses favorites,
leur écrasant l'échine de son piétinement passionné, puis poussant sa clameur triomphale d'é-
poux qui a fait son devoir.

Alors Julienne, avec un soupir très doux et sur
un ton d'affectueux reproche :

— En voilà un, fit-elle tout bas au capitaine, qui
n'a pas été en permission à Paris !

FAIT-DIVERS

Tout le monde a pu lire, comme moi, ce fait divers dans les journaux de cette semaine : « Un Américain millionnaire, le sieur Y... V... C..., s'est suicidé dans un de nos grands hôtels pour des motifs inconnus jusqu'ici. On le retrouva dans son lit, la tête fracassée d'un coup de revolver, son chronomètre à la main. » J'ai quelquefois des curiosités policières. Je me suis rendu au grand hôtel si discrètement désigné et j'y ai fait une véritable enquête sur cet étrange événement. Il est résulté pour moi des confidences du valet de chambre du mort, que celui-ci s'était tué par un motif en apparence bien futile, mais très acceptable pourtant pour un esprit méthodique. Le sieur Y... V... C... avait la manie de l'heure exacte. Il avait acheté à New-York une montre modèle qui lui avait coûté les yeux de la tête, et l'avait réglée à l'Observatoire de là-bas. Or, depuis son arrivée à Paris, impossible de rien comprendre aux indications des horloges publiques, étant donnée la différence d'heure résultant de la différence de temps que le soleil met à parvenir à New-York et à Paris, différence que notre maniaque avait soigneusement calculée. De là une incurable mélancolie, rapidement transformée en agitation maladive et amenant insensiblement le malade à l'issue fatale que j'ai contée plus haut.

Je fus assez impressionné de ce récit. Ce n'était pas la première fois que je remarquais que nos horloges parisiennes battent souvent la breloque depuis quelque temps. Nouveau mystère que je voulus éclaircir. Car, sous les aspects débonnaires d'un rêveur, je cache une âme affolée de vérité positive, un fouilleur exaspéré, un esprit qui ne se paie pas de billevesées, ce qui m'a conduit d'ailleurs à un invincible dégoût de la vie politique, où l'on ne connaît pas d'autre monnaie. A moi les patientes recherches, les investigations passionnées ! A moi la clef mystérieuse de la boîte de Pandore ! Ça m'a donné bien du mal, et mes révélations vont me faire bien des ennemis dans le monde savant.

Mais je m'en fiche. *Euréka !*

*
* *

Êtes-vous comme moi? J'adore le jardin du Palais-Royal; c'est un de mes enchantements à Paris, et je ne lui préfère vraiment que la place Royale, plus calme encore avec ses quatre faces de maisons en briques à hautes fenêtres, dont l'une fut longtemps celle de Victor Hugo. Dans le bouleversement de Paris par les ingénieurs, ces deux grands jardins encadrés de bâtisses anciennes sont comme deux oasis où semble réfugiée la vie paisible et bourgeoise d'antan. Leurs habitués eux-mêmes ont je ne sais quoi de délicieusement provincial et de respectablement séculaire. Tout m'enchante sous les tilleuls du Palais-Royal, sauf l'image de cet ostrogoth de Camille Desmoulins en arrachant les feuilles. L'eau qui pleure dans le grand bassin me rappelle une délicieuse pièce de Charles Baudelaire. On foule dans les allées un sable musical comme le chemin des rêves, on y marche précédé de moineaux francs qui vous font poliment escorte, accroché, çà et là, par un vol de cordes à sauter qu'accompagne le rythme de quelque ronde ancienne, poursuivi par la course oscillante des cerceaux, dans le tumulte enfantin et babillard de mille jeux. Que c'est

amusant la voix des toutes petites filles ! On dirait
un cristal qu'on égratigne. Je vous dis que tout
cela est exquis et que j'ai failli donner des larmes
à ce pauvre café de la Rotonde que des mains
impies viennent de saccager. C'était le seul endroit
où il y eût un semblant d'agitation commerciale.
Car ce qu'il y a de mieux encore dans le Palais-
Royal, c'est que les boutiques y sont constamment
désertes et que, néanmoins, les marchands y semblent d'une excellente humeur. N'est-ce pas là
l'indice d'un bon caractère entretenu certainement par la pureté de l'air et le spectacle d'un
paysage citadin plein de sérénité ? Il n'est pas jusqu'aux jeunes personnes qui rôdent là, en plein
jour, en quête d'amours vénales et de caresses
sonnantes, qui ne m'intéressent. Jamais je ne les
ai vues réussir dans leur chasse à l'homme. Aussi
sont-elles maigres et pâles comme des personnes
qui ne font guère plus d'un repas ou deux par
semaine. Elles me font penser à ce vers de Coppée :

> Si frêle ! un enfant ! presque une âme !

J'invoque pour elles Vénus *meretrix* et je les
plains. Car le vice malheureux est encore le meilleur argument en faveur de la vertu.

Mais, l'âme du Palais-Royal, pour ainsi dire,
c'est son canon !

Le petit canon dont le soleil, ramassé dans une lentille, vient piquer la lumière à midi, et qui part avec un bruit de coup de fouet dont les oreilles sont déchirées ?

Oui, ce petit canon-là.

* *

Vous avez pu voir, d'ailleurs, dans la discussion du budget de la Ville, la clameur qu'a soulevée le projet de rayer la dépense concernant cette menue pièce d'artillerie qui coûte, je crois, annuellement cent francs d'entretien et de munitions, y compris le traitement de l'artilleur qui lui est spécialement affecté, et dont le poste est envié dans toutes les garnisons, à La Fère-en-Tardenois, par exemple. Le *tolle* fut tel et la protestation des habitants si vive que le conseil municipal recula devant cette bêtise indigne, d'ailleurs, d'une assemblée qui a l'habitude de faire grand. La dépense fut maintenue, le canon sauvé et l'artilleur réintégré dans ses hautes fonctions. Et on dit qu'on ne fait rien pour l'armée ! Mais ce qui avait forcé la main à nos édiles, c'était moins la crainte de mécontenter leurs commettants à une époque encore lointaine des réélections, que les démarches faites directement par le monde astronomique et savant en faveur du canon menacé.

Vous vous figurez, peut-être, en effet, que ces messieurs se donnent un mal infini pour nous procurer, par des calculs infinitésimaux, l'heure véritable, ce qu'on est convenu d'appeler l'heure de l'Observatoire ? C'est une illusion qu'il faut que je vous enlève après tant d'autres. Mais la vie est comme un grand arbre dont les feuilles doivent tomber une à une sous les souffles impitoyables de la sagesse et du destin. C'est aussi comme un chapelet qui s'égrène, comme un vase qui se vide, comme une fleur qui s'évapore. Maintenant que j'ai dissimulé l'horreur du coup mortel sous la poésie des métaphores, apprenez qu'un de ces princes de la science vient tout simplement déjeuner (c'est chacun son tour) au café Corazza ou chez Véfour. Quand le petit canon part, il met son chronomètre sur la douzième heure, entre une demi-douzaine d'huîtres et son premier verre de chablis. Ça évite à tout le monde un grand maniement de tables de logarithmes, sans parler de l'usure des lunettes. Les choses ne se passent pas autrement depuis une dizaine d'années.

Vous trouverez peut-être que l'Observatoire coûte un peu cher ?

Et croyez-vous qu'on est nourri pour rien chez Véfour ou au café Corazza ?

* *

Or, il y a six semaines environ, le bijoutier Papoul (la discrétion ne me permet de vous donner que son prénom), dont la boutique est dans la galerie... — impossible de vous en dire davantage — très mélancolique depuis longtemps, fit une découverte qui n'était pas pour le guérir de cette mystérieuse tristesse. Ayant regardé, en époux respectueux, par le trou de la serrure de la chambre de sa femme Célestine (vous n'allez pas me demander son nom de famille, je suppose), il vit celle-ci occupée à écrire rapidement un mot sur son buvard, qu'elle referma fiévreusement, quand son mari fit tourner la clef et ouvrit la porte. Fort adroitement, le bijoutier Papoul, de l'air très riant d'un homme qui ne se doute de rien, envoya Célestine voir à la cuisine si les pets de nonnes seraient bientôt cuits. Pendant l'absence de celle-ci, il ouvrit le buvard et lut ce qui suit : « Mon amour, sois demain, au moment même où le canon partira, sous le quatrième arbre de l'allée de gauche, à droite du bassin. *Ne sois pas en retard d'une seconde.* Si je ne te trouvais pas là, je serais obligée de remonter tout de suite, et j'en conclurais *que tu ne m'aimes pas vraiment. Tout serait fini entre nous, Armand!* Ne sais-tu pas que mon imbécile de mari est toujours sur mon dos (les femmes disent toujours ça à leurs amants pour leur faire plaisir et prévenir leur jalousie). Il me faut faire des prodiges pour m'échapper un instant. A demain donc, mon chéri, mon poulet, mon petit trognon... »

Le bijoutier Papoul s'arrêta indigné.

Mais c'était une nature réfléchie, raisonnée, ennemie des emportements, un tantinet sournoise et capable de fourberie à l'italienne. Quand il entendit sa femme remonter, il referma le buvard et remit tout en place, en sifflotant un air très gai, comme un homme très content qui a un peu faim :

— C'est moi-même qui ai soufflé les pets de nonne, mon trésor ! dit Célestine en rentrant.

Et la pauvre petite femme haletait encore en effet. Mais c'était d'avoir monté rapidement l'escalier. Car elle avait une inquiétude vague que l'aspect tranquille de son époux dissipa complètement. Fort agréable Mme Papoul. Grassouillette, appétissante, blonde avec des yeux bleus très brillants. Je n'ai aucun goût pour les femmes de commerce qui demeurent assises toute la journée, mais je dois convenir cependant qu'il y en a de délicieuses ; Célestine était de celles-là.

Celui qui eût regardé le bijoutier manger ses beignets eût été frappé de la férocité de son coup de dent. Il les éventrait avec furie et en buvait l'air chaud avec une cruelle volupté. On eût dit qu'il savourait le fruit de la vengeance.

C'est que lui aussi avait trouvé, comme Archimède, comme moi !

*
* *

Ce qu'il avait trouvé, le voici : profitant de ses relations avec tout le monde du jardin et en particulier avec l'artilleur du petit canon qui le laissait rôder sans méfiance autour de son instrument, le bijoutier Papoul avait glissé dans la lumière de celui-ci l'extrémité d'un fil très fin qu'il avait transformé en mèche en le trempant dans un liquide, le rendant subitement inflammable dans toute sa longueur. L'autre extrémité, il l'avait gardée dans sa poche, et le lendemain, sa montre à la main, il mit le feu au fil juste un quart d'heure avant midi. Pan ! le canon tonna et sa femme descendit quatre à quatre, anxieuse, se croyant en retard. Mais dix minutes après, elle rentrait déconfite et rageuse. Tout naturellement son amant ne s'était pas trouvé là.

— C'est bien joué, dites-vous. Il est toujours doux de voir triompher la morale.

Bien joué, messeigneurs ! Et le savant de l'Observatoire qui achevait ses œufs brouillés et qui
mit son chronomètre, à midi moins un quart,
sur l'heure de midi, pendant qu'on lui apportait
sa côtelette ! Et les perturbations officielles de
l'heure à Paris où personne n'y comprend plus
rien ! Et la mort du millionnaire Américain ! Bien
joué ? Ah ! vous me faites rire ! Tous les Obser-
vatoires d'Europe modifiant leur heure d'après la
nôtre ! Le soleil lui-même ne sachant plus à quoi
s'en tenir et se levant à tort et à travers comme
les gens qui découchent. Ce n'est donc rien tout
cela ! Et un assassin qu'on guillotine quinze minutes avant l'heure, ce qui est une vraie crasse, au
point où ils en sont ! Et les cochers qui vous
flibustent de ce quart d'heure-là !

Je sais à quelles colères je m'expose en dénon-
çant ce fait. Mais c'était un devoir pour moi. Je
n'étais pas fâché, d'ailleurs, de faire remarquer
une fois de plus que l'amour est l'éternelle source
de tous les maux dans l'humanité.

Ah ! j'oubliais un malheur. Un infortuné pro-
meneur, qui, confiant dans l'heure véritable, se
tenait appuyé contre la barre qui protège le canon,
et lui tournant le dos, a reçu la bourre entre les
deux pans de sa redingote et ne peut plus s'asseoir
depuis ce temps. Et ce n'est pas tout. Une vieille

dame sourde qui n'avait entendu que vaguement la
détonation, mit vivement sa main à sa montre, la
regarda et appela son mari : Vieux cochon ! Celui-
ci s'en formalisa et voilà un ménage de soixante
ans brouillé, toujours par la faute de l'amour ! O
trop coupable Célestine ! O trop vindicatif Papoul !

NUIT DE NOCES

— Vous pouvez, sans inconvénient aucun, madame, administrer à Mlle Berthe ce narcotique très léger qui, sans la priver un seul instant de sa connaissance, lui rendra moins troublante l'épreuve toujours délicate de la première nuit conjugale. Une cuillerée à café dans un verre d'eau sucrée à la fleur d'oranger. C'est très bon au goût. Vous éteindrez ainsi, sans aucun péril, les petits accès de nervosité que vous signalez chez votre fille et qui ne s'expliquent que trop par les surexcitations de toutes sortes qui précèdent le grand acte du mariage.

Ainsi parla le docteur Venteroussin à Mme Pécouli qui envoya, tout de suite, chercher l'aimable drogue chez le pharmacien. Car on était au matin même de la solennité qui allait, pour longtemps, sinon pour toujours, unir les destins de Berthe, déjà nommée, à ceux de M. Isidore Vesseron.

Ai-je besoin de vous dire que la fiancée était charmante? Vous me rendrez certainement cette justice que je ne vous ai jamais présenté que de très jolies femmes dans mes histoires. Il y a une excellente raison à cela. Je trouve que les autres n'existent pas... au moins en tant que femmes. Vous me répondrez qu'elles peuvent avoir mille vertus précieuses, élever à merveille les enfants que leur font des personnes héroïques, pratiquer noblement le devoir et bien souffler des pets de nonne. Mais si je vous répliquais qu'on peut rencontrer tout cela chez des hommes. Nous pouvons être de grands sages, d'excellents instituteurs et même exceller dans l'art délicat de la pâtisserie. La vraie femme a autre chose : Parbleu ! la beauté ! au pis aller : le charme !

Donc Berthe était charmante toujours et belle quelquefois. Oui, quelquefois. Certaines poses imprévues, certaines trouvailles d'attitude, certains azimuts, pour ainsi parler, sous lesquels l'ensemble des traits revêt une harmonie qu'il n'avait pas à l'ordinaire, constituent à certaines femmes une beauté rapide, improvisée; je dirais volontiers : fugitive. Combien, pour choisir l'exemple le plus simple, ont un profil régulier et ne produisent

plus, de face, la même impression dominatrice,
n'évoquent plus le même souvenir antique? Le
génie du portraitiste est dans le sentiment de ces
splendeurs soudaines dont certains modèles,
échappant au vulgaire, sont susceptibles pour le
chercheur.

Voulez vous plus de détails : Berthe était
grande, élancée, blonde, avait des yeux bleus au
regard doucement myope, et riait volontiers parce
qu'elle avait de belles dents.

*
* *

Le mariage se faisait dans une façon de château
appartenant à des amis de la famille Pécouli, M. le
comte et Mme la comtesse de Rotenfluth, nobles
gens d'origine hollandaise et qui auraient eu parfaitement le droit de s'appeler, s'ils n'avaient été naturellement modestes : Van Rotenfluth. C'est
Mme Pécouli, un peu vaniteuse, qui avait mani-
gancé cela pour éblouir tout de suite son gendre
par l'éclat de ses relations. Oui, vaniteuse, et quelque peu impérieuse aussi, cette dame sèche comme
un os, cette veuve qui faisait penser tout de suite
que la mort est souvent, pour l'homme, un bien-
fait. Car il avait dû s'ennuyer terriblement le
pauvre feu Pécouli, avec cette créature ! On le ci-

tait curieusement, dans tout le pays, comme n'ayant pas été cocu. Je vous demande un peu si c'est une consolation ! Il avait dû, au contraire, absorber à lui tout seul, l'infortuné ! la mer d'amertume, l'océan de mauvaise humeur dont il est toujours prudent d'offrir à un autre une partie, la plus grande même, si on le peut. Les femmes ne manquent pas, dont le caractère suffit à empoisonner l'existence de plusieurs hommes à la fois, et c'est être terriblement fat, ou de cœur invulnérable, comme Mithridate, que d'y vouloir tout seul faire face. Cette prétention avait coûté la vie à Pécouli, et sapristi ! c'était bien fait.

Aimable maison d'ailleurs que l'hospitalière maison de M. le comte et Mme la comtesse de Van de Rotenfluth (bah ! je leur garderai, malgré eux, cette particule Van, qui n'évoque que de gracieuses images !). Architecture moderne mais bien inspirée du style Henri III. Tout autour, un parc séparé de l'habitation par une façon de fossé féodal où se plaisaient infiniment les grenouilles. Hélas ! il est passé, le bon temps où les vilains empêchaient ces bêtes aquatiques de faire, toute la nuit, leur odieuse musique ! Ce n'est pas, au moins, que la note soit laide et le timbre déplaisant. Mais presque toutes les grenouilles chantent faux ! Elles ont certainement quelque part un Conservatoire...

Oui, quelque part. Ce doit être certainement là.
Moins austèrement dessiné que par Le Nôtre, ce
parc s'étendait au loin, étageant les hautes cimes
de ses arbres, où l'automne mettait déjà ses rouilles
mélancoliques, allongeant dans l'herbe roussie
l'azur clair d'un ruban de lac où le couchant mêlait
parfois dans l'étincellement des saphirs, des flam-
boiements d'or rouge ou des gouttes de sang de
rubis.

C'est là, dans cette demeure exquise, que les
mariés devaient revenir, après le double cérémonial de la mairie et de l'église, et pour leur première nuit commune. Variante heureuse d'ailleurs
au voyage traditionnel qui donne — pour prélude
à des délices déjà difficiles et douteuses — le lit
banal et profané d'une auberge aux premiers et légitimes épanchements de l'amour. Si une coutume,
au monde, est stupide, c'est assurément celle de
ce double départ. Oh! la promenade en Suisse!
On ne sait pas vraiment ce qu'on lui doit de céli-
bataires.

*
* *

Vous ne savez pas davantage les sentiments que
professait M. Isidore Vesseron, le futur, à l'endroit de sa fiancée? Parbleu! excellents. Comme

tout le monde, cet honnête garçon trouvait Berthe adorable, et il espérait bien avoir prochainement, pour la trouver ainsi, de meilleures raisons que tout le monde. J'irai plus loin : il en était sérieusement et sincèrement épris. Et cependant, un point noir, comme on dit en politique, tachait déjà, comme une étoile sombre, l'horizon de son bonheur. Ce Vesseron aimait le tabac à la folie et Mᵐᵉ Pécouli lui avait déclaré que, s'il se permettait jamais de fumer devant sa femme, elle reviendrait chercher sa fille incontinent. Le malheureux avait juré de renoncer pour jamais à la pipe et au cigare; il l'avait fait le plus honnêtement du monde. Et maintenant il se défiait de son courage, il doutait de lui-même. Il se disait que la vie allait être terriblement morose et qu'il regretterait bien vite ses jours de liberté...

Au fait, maintenant. La noce revient au château et nous voici attablés devant les victuailles sans nombre et les vins délicats offerts aux époux et aux invités par ces excellents Van de Rotenfluth, qui n'avaient pas reculé devant la dépense. Berthe, très émue, ne mange guère. Mais cet animal de Vesseron, qui avait toujours été un peu sur son ventre, s'offre un magnifique repas généreusement arrosé. Mᵐᵉ Pécouli le regarde avec de méchants petits yeux, avec un air qui veut clairement dire :

Voici un drôle qui dissipera en boustifailles la dot de sa femme si je ne mets le holà !

Je m'interromps. Vous croyez peut-être à une histoire d'indigestion. Si vous l'attendez, n'allez pas plus loin. J'en ai fini avec les vilenies qui m'ont valu le mépris de tous les gens constipés. Quand le café eut été versé et même bu, Vesseron fut pris d'une envie de fumer si abominable, qu'il en devint écarlate de souffrance et aussi parce qu'il avait absorbé beaucoup de Bourgogne. Après une lutte honorable dont sa conscience fut le champ de bataille, il se dit jésuitiquement que le mariage n'étant pas absolument consommé et manquant de la consécration officielle, il n'était pas encore tenu par son serment, il pouvait dire au tabac un solennel adieu dans un dernier baiser.

Il se leva donc sournoisement, pendant qu'on allait faire un tour dans le parc, et monta au hasard dans le château, comme un malfaiteur, pour y chercher quelque coin où il pût satisfaire son irrésistible désir. Il ne connaissait pas les êtres de la maison, et une douce obscurité venait déjà de la chute du soleil derrière les grands arbres teints de pourpre au sommet ; mais il vit distinctement, dans une chambre entr'ouverte, une haute cheminée Renaissance et un paravent. Il poussa un petit cri de joie, s'installa sur une chaise au fond de la che-

minée, s'emprisonna dans le paravent et alluma
sa pipe. L'odeur n'entrerait même pas dans la
chambre ! Tout sortirait par le toit. Et il fuma délicieusement, envoyant dans le tuyau de la cheminée de grosses et voluptueuses bouffées avec lesquelles s'envolait l'image un instant rappelée des
amoureuses d'autrefois.

Un bruit de pas dans la chambre, un va et vient
subit le tira de sa rêverie.

*
* *

Il n'avait pas eu de chance, vraiment ! La chambre qui avait été choisie par lui était précisément
sa chambre nuptiale. C'était la jeune mariée qu'on
venait d'introduire. Un trou dans le paravent le
mit bien vite au fait des événements. Il lui fallut
d'abord avaler les dernières exhortations de
Mme Pécouli à sa fille, petit discours dans lequel
il fut traité comme le dernier des derniers, ce qui
est toujours embêtant à entendre. Le reste fut un
peu plus gai. Berthe fit sa dernière toilette avec
infiniment de pudeur, mais non sans montrer, se
croyant seule, une infinité de détails charmants de
sa personne. Derrière son paravent, Vesseron se
léchait les babouines, mais il n'en était pas moins
embarrassé. Comment sortir de là sans être par-

faitement ridicule? En voilà une entrée dans la chambre conjugale! Par la cheminée, comme Méphistophélès. On l'accuserait peut-être d'avoir répandu un bruit de soufre, ce qui est moins agréable que la musique de Gounod! Maudite pipe! Bah! il attendrait que la lumière fût soufflée, et on croirait qu'il était entré par la porte, sans faire de bruit, en homme bien élevé. Sa femme ne pouvait que lui savoir gré de tant d'égards.

Et Berthe, après s'être regardée une dernière fois dans la glace, monta dans son lit et fit nuit dans la chambre, en se glissant sous les draps.

Oui! mais quel tapage dans les couloirs! Parbleu! on cherche partout le marié. On rit un peu de l'aventure de Vesseron perdu. On fait des plaisanteries équivoques.

— C'est un polisson! crie à tue-tête la conciliante Mme Pécouli.

— Assez tardé! pensa Vesseron. Ils croiront que je suis entré sans qu'ils m'aient vu. Ce sera un peu malhonnête de n'avoir dit bonsoir à personne, mais tant pis! je n'en suis pas à ces subtilités!

Fatalité! en sortant de derrière le paravent, il remua beaucoup la chaise sur laquelle il avait été longtemps assis. Le bruit fit peur à Berthe qui poussa un petit cri.

Vesseron, toujours à tâtons, arriva enfin près du lit, et l'explora les deux mains en avant, comme font les aveugles. Il s'aperçut avec stupeur que le lit était vide. Alors il prit une allumette dans sa poche et fit du jour dans la pièce. Rien ! La mariée avait disparu.

Et, au dehors, c'était toujours les mêmes imprécations et les mêmes moqueries bruyantes à son endroit. La porte enfin s'ouvrit avec fracas :

— Lève-toi, mon enfant, et viens coucher dans mon lit ! hurla Mme Pécouli.

Elle recula, stupéfaite, en se trouvant devant son gendre.

— Ça, jamais ! lui répondit celui-ci avec infiniment de sang-froid.

— Qu'avez-vous fait de ma fille, misérable?

— Dites-moi plutôt ce que vous avez fait de ma femme, madame?

Ils se regardèrent un instant, prodigieusement étonnés, avec des yeux qui sortaient de leur tête.

Cependant M. le comte et Mme la comtesse Van de Rotenfluth avaient suivi Mme Pécouli et, derrière eux, tous les invités, dont plusieurs étaient déjà en caleçon, ce qui donnait à ce cortège quelque chose de fort grotesque au demeurant. Après le marié, c'était la mariée qui avait disparu !... On appela : Berthe ! dans tous les sens. Le silence seul répon-

dit, un silence crevé çà et là d'éclats de rire sournois. Alors on fit une battue dans la maison, et les
plus intrépides, munis de lanternes, commencèrent
à explorer le parc. Mais rien ! rien ! rien !

. . . .

Il faisait petit jour quand Vesseron, désespéré,
anéanti, menacé de la cour d'assises par sa belle-
mère, eut une idée de génie. Il regarda derrière le
paravent qui dissimulait encore la cheminée, ce à
quoi personne naturellement n'avait pensé. Il y
trouva sa femme qui s'y était réfugiée, prise de
peur, au moment où il avait parcouru la chambre
à tâtons. Il l'y trouva tranquillement endormie sur
la chaise où lui-même s'était installé pour fumer
sa pipe des girondins.

Le narcotique du docteur Venteroussin avait fait
son effet.

LÉGENDE HÉROÏQUE

Mon vieil ami Monistrol jeta vivement son journal à terre, en le froissant.

— Ils m'embêtent, enfin, avec leur fécondation artificielle ! fit-il furieusement.

— Cependant, hasardai-je, pour le calmer, les découvertes de la science méritent que tous les gens de bien s'y intéressent. Elles sont la plus haute expression du progrès dont la marche à travers les âges assigne un but à l'humanité. Elles sont, de plus, la seule gloire vraie des temps modernes qui ne brillent pas précisément par un excès de lyrisme. Pour moi, chacun de ces pas faits en avant par les pionniers des civilisations futures me confond de respect. Dans les explorateurs de l'Inconnu, j'admire les poètes de l'avenir. C'est en sondant les secrets de la vie qu'ils font

revivre, en lettres de feu, les arrêts longtemps
mystérieux des antiques sybilles, qu'ils déchif-
frent le livre redoutable du passé. Donc, honneur
à ces hommes de travail qui nous rendent la tâche
plus facile...

— Est-ce que la tâche de la fécondation naturelle t'ennuyait tant que ça? me demanda Monistrol avec un sourire ironique.

Et s'animant, tout en mordillant, suivant sa
coutume, son cigare dix fois rallumé et qui ré-
pandait dans l'air un parfum de fumeron :

— La fécondation artificielle, une découverte
moderne ! s'écria-t-il avec colère. Mais tu n'as
donc jamais rien lu des anciens grimoires, Alibo-
ron que tu es?

Je ne me fâchai pas, parce qu'il ne m'a jamais
déplu d'être comparé à un animal quelconque. S'il
m'eût simplement traité de Ponsard, c'eût été différent.

— Tiens, poursuivit-il, tu me fais pitié ! La fécondation artificielle une invention de cet âge ! Et
Adam, coquecigrue? As-tu ouï-dire qu'il fût né
suivant les rites habituels? Ah ! si je voulais, je te
conterais l'authentique histoire d'une des plus anciennes races de mon pays, je te révélerais un secret que connaissent seuls les paysans de nos
montagnes, hommes simples comme les violettes

et discrets comme les tombeaux ; je te fournirais les éléments d'un poème digne de tenter le génie capricieux de Shakspeare et la langue d'airain de Victor Hugo.

— Veuillez donc, mon doux Monistrol ! suppliai-je.

Et je lui offris un cigare tout neuf qu'il se mit à brouter immédiatement comme l'ancien. Mais, sensible à mon attention, il se rapprocha de moi et parla comme il suit :

***

S'il est une légende populaire dans notre pays, c'est celle de la haine séculaire qui sépara toujours les nobles Canulets de Mortefontaine des nobles Boutaigus de Castel-Bidet. On ne fit jamais rien de mieux, en fait d'aversion, dans les républiques italiennes les plus compliquées. Au temps des tournois, un Canulet apercevait-il de loin un Boutaigu, qu'il lui courait sus, sa lance en avant, ensanglantant sous l'éperon les flancs haletants de sa haquenée. Plus tard, dans les antichambres du Roi-Soleil, un Boutaigu ayant rencontré un Canulet, se jeta sur lui, au mépris des lois les plus élémentaires de l'étiquette, et l'étouffa en lui faisant avaler sa perruque. A Waterloo, plus tard encore,

au moment de la déroute, un Canulet, artilleur de
son métier, pointa la dernière pièce sur un Boutaigu qui se sauvait comme un lapin et le dispersa
dans un nuage de mitraille. Ceux de ces familles
rivales qui demeuraient dans nos farouches contrées étaient bien terribles encore. Leurs moyens
de correspondance les plus pacifiques étaient le fer
et le poison. Ils se dépêchaient mutuellement pour
l'autre monde, quand ils en trouvaient l'occasion,
avec un entrain tout à fait chevaleresque. On
montre encore, dans leurs vieux châteaux respec-
tifs, les cages de fer où ils se fouraient réciproque-
ment quand ils se faisaient prisonniers entre eux
et où ils se laissaient crever de faim, remplaçant
les plats assortis par de petites tortures ingé-
nieuses qui faisaient bien passer le temps, mais
ne trompaient pas l'appétit. Car, en matière de
supplice, le pal lui-même ne saurait être considéré
que comme un apéritif, presque aussi vénéneux
d'ailleurs et nuisible à la santé que l'absinthe.
Ainsi se jouaient-ils les plus terribles tours du
monde, envenimant sans cesse, par de sanglantes
espiègleries, la querelle de leurs aïeux. La sauva-
gerie des sites natals inspire et entretient celle
des caractères. De Mortefontaine à Castel-Bidet,
il n'était question que des atrocités qu'échan-
geaient les Canulets et les Boutaigus.

L'origine de cette haine, j'eus grand'peine à la découvrir. Je la tiens cependant aujourd'hui. Elle remonte au quatorzième siècle, époque à laquelle un petit Canulet de six ans, jouant à la poucette, sous le porche du temple, avec un Boutaigu de neuf, et ayant triché, fut traité par son camarade indigné de : Fils de seringue !

Le propos fut rapporté dans la famille. Il n'en fallut pas davantage pour qu'une véritable vendetta fût déclarée entre les parents du petit tricheur et ceux du petit impertinent.

* *

Qu'avait donc de si terrible cette apostrophe au premier abord simplement saugrenue ?

Il faut, pour te le faire comprendre, apôtre de la science, te révéler un mystère dont je me plais à croire que tu n'abuseras pas. Car, je te le répète, l'honneur d'une grande race y est attaché. Au temps des Croisades, un Florestan Canulet, qui s'était distingué dans cent combats, reçut d'un méchant Sarrazin un si terrible coup de faux par le corps, qu'il en fut cul-de-jatte pour la vie et ne rapporta guère dans ses foyers que son buste, ce qui fit faire une terrible grimace à sa femme, laquelle n'avait aucun goût pour la sculpture. Or, il

était parti le lendemain de ses noces pour la
guerre, sans avoir eu le loisir de se laisser un re-
jeton pour ses vieux jours. De là, grande désola-
tion dans la maison du pauvre gentilhomme. Car
il adorait les enfants, comme tous les vieux militaires, et, de plus, le nom glorieux des Canulets
menaçait de mourir avec lui, s'il demeurait sans
postérité. C'est alors que le savant Laudanus, médecin ordinaire de saint Louis, ayant gagné beaucoup d'argent avec la peste, imagina de pratiquer
dans le ménage l'expérience dont on nous rebat
les oreilles aujourd'hui. Elle réussit si pleinement
que le bon Florestan, ivre de joie d'avoir obtenu
deux jumeaux, dont un seul, Venceslas, survécut,
jura devant l'autel de la Vierge (c'était le cas) que
jamais dans sa famille on ne s'y prendrait désor-
mais autrement pour léguer des fils à l'avenir,
serment accompagné de si terribles menaces, en
cas de révolte contre la volonté de l'ancêtre, que
la tradition s'établit et qu'il fut fait, durant des
siècles, comme l'héroïque amputé en avait décidé
et suivant les prescriptions du savant Laudanus.

Comment maintenant le petit Boutaigu avait-il
mis son nez de fouine dans ce redoutable secret ?
Moi, je crois qu'en traitant si cavalièrement son
petit compagnon de poucette, il ne savait rien du
tout, et qu'un hasard malheureux lui avait seul

inspiré — la fantaisie enfantine est telle ! — le malheureux qualificatif qui devait engendrer tant de maux et faire couler tant de sang.

*
* *

Au reste, comment moi-même y ai-je été initié ? Par une aventure vraiment bizarre et qui me force à te donner quelques explications nouvelles que je recommande à ton silence. C'est très récent encore. Il y a moins de dix ans que tu as lu dans les journaux un entrefilet de ce goût-ci : « Une rencontre dont l'issue a été doublement fatale a eu lieu hier entre le comte C. de M..., connu de tous les sportsmen, et le marquis B. de C..., très apprécié dans le monde de la galanterie. Au début même du combat et sans que les témoins aient pu intervenir, les deux adversaires se sont précipités l'un sur l'autre avec une telle furie qu'ils se sont traversés mutuellement, chacun d'eux ayant la garde de son épée posée sur la poitrine de l'autre. Quand on parvint à les arracher de cette étreinte, ils avaient cessé de vivre... » Suivaient quelques réflexions sur l'ineptie du duel, réflexions beaucoup plus ineptes certainement que le duel lui-même. As-tu deviné maintenant sous les initiales les noms qu'elles cachaient ? Celui du dernier Canulet échangeant une suprême politesse avec le dernier Boutaigu.

Remontons maintenant à la veille de ce combat mémorable qui fut très commenté par les tireurs du temps. Car la question s'agite de savoir s'il avait été loyal à C. de M... de transpercer son rival, étant déjà transpercé lui-même depuis un vingtième de seconde, au moins, le coup d'arrêt de son adversaire ayant certainement précédé l'arrivée de sa propre attaque, qu'il avait faite le bras légèrement ployé.

Remontons, dis-je, à la veille, et pénétrons dans le vieux château des Canulets de Mortefontaine que le jeune comte, destiné à cette mort sanglante, sanglante et prématurée, habitait avec la douairière, sa mère, vieille dame très imbue de noblesse, figure vénérable mais embêtante, masque tragique et cheveux blancs, gardienne austère de l'honneur familial. Mon père, qui était l'ami de ces gens-là, était venu y passer la soirée et, en se rendant dans la chambre qui avait été disposée pour lui, avait eu la curiosité fatale d'errer un peu dans le vieux castel, histoire d'en explorer les recoins — car c'était un antiquaire passionné et plein de conscience. — Une porte massive aux gonds et aux ferrures rouillés était entr'ouverte. Mon père la poussa : un vent frais qui venait de la pièce souffla sa bougie dans ses doigts, si bien que le pauvre homme se trouva dans une obscurité presque complète, la lune n'envoyant, par des façons de soupiraux, dans la vaste chambre, que quelques bandes lumineuses qui s'accrochaient à des angles métalliques et y mettaient des clous d'argent.

Mon malheureux père, ne sachant comment retourner en arrière, était tout simplement bleu de terreur. Ce fut bien pis quand il entendit des pas qui se dirigeaient vers le lieu redoutablement mystérieux et sombre. Il n'eut que le temps de se fourrer derrière la porte.

C'est là, mon cher, que se place une scène d'un effet grandiose et qui pourrait donner, bien placée dans un drame, un pendant à la scène célèbre des portraits dans *Hernani !*

*
* *

Une femme toute vêtue de noir entra, — la dame vénérable mais embêtante — tenant d'une main une lampe de forme sépulcrale et, de l'autre, son noble fils, le comte Agénor, celui qui allait se battre le lendemain. Ils marchèrent droit vers une muraille qui s'illumina et découvrit, aux yeux étonnés de mon père, une rangée de seringues considérable, de formes différentes et indiquant les fluctuations de la mode, depuis plusieurs siècles, dans cette variété minuscule de machines hydrauliques. Les unes étaient presque ridicules par leur aspect hétéroclite; les autres avaient je ne sais quoi de fier et de grandiose dont on ne retrouverait plus rien dans les clysopompes d'aujourd'hui, abâtardissement bourgeois d'une institution qu'immortalisa Molière. Or, d'une voix très creuse, la douairière parla ainsi au jeune comte Agénor qui s'était découvert, avec respect, en pénétrant dans cette enceinte :

— C'est ici la salle des ancêtres, mon enfant, et ceux de notre race n'y pénètrent qu'à la veille des plus grands actes de leur vie, pour s'y recueillir et s'y retremper dans la contemplation des gloires passées de notre maison. La journée de demain te mettra face à face avec le séculaire ennemi des Canulets; sache donc ce que firent tes aïeux, mon fils, et souviens-toi !

Alors, promenant lentement son compagnon attendri devant cette théorie vénérable d'instruments au rebut, la douairière poursuivit, prophétique et comme inspirée, lui montrant une à une les seringues où la lumière de la lampe mettait des frissons d'or et des serpents de pourpre :

— Celle-ci fit son œuvre sous le nom de ton

grand aïeul Clodomir-Canulet de la Hanneton-
nière et fut faussée à son flanc, à la bataille de Pa-
vie. Vois ce bossellement pareil à celui d'une ar-
mure ! Celle-là s'appelait Hector Canulet des An-
douillettes et sonnait comme un olifant quand on
soufflait dedans, ce qui la rendait aussi utile dans
la guerre qu'agréable dans la paix. On avait bap-
tisé celle-ci Gontran Canulet des Haultevesses et
sa justesse était si renommée que les arquebusiers
du Roy venaient rectifier leurs armes à son tir.
Celle-là se nommait Hercule Canulet de Rotalez
et c'est de son pommeau que fut scellé le traité qui
relia le Béarn à la France. Ah ! mon fils ! mon fils
bien-aimé ! contemple ces héros qui furent tes
pères, inflexibles dans le devoir, comme tu seras
intrépide demain dans le péril !

La vieille dame se tut. Le comte Agénor, qui
pleurait à chaudes larmes, mit un genou en terre
et baisa respectueusement une petite mèche de
chanvre qui débordait du piston de son aïeul Hector. Puis il la cacha dans son sein, comme fait un
amant des cheveux de sa maîtresse. En même
temps, il étendait la main et, d'une voix émue, jurait de mourir plutôt que de déchoir.

Tu sais s'il tint sa promesse.

— Alors il n'y a plus de Canulet aujourd'hui ?
demandai-je à Monistrol.

— Non! me répondit-il. Mais le monde en sera peuplé demain avec vos prétendues découvertes scientifiques qui ne sont que d'horribles contrefaçons du passé !

LE CALORIFÈRE

— Tiens ! Blanc-Minot ! Toujours brouillé avec
ta vénérable belle-mère ?

— Comment ? tu as su ?

— Qui ne l'a su, mon pauvre Blanc-Minot ? E
comme je suis franc, je t'avouerai que tout le
monde t'a blâmé dans cette affaire et a trouvé ton
procédé excessif à son endroit.

— Comment ! elle a osé raconter ?...

— Mais certainement. Elle s'en est même fait un
plaisir.

— Devant les dames et les demoiselles de bonne
compagnie ?

— D'autant plus qu'elle n'en voit pas d'autres.
C'est une justice que tu lui rendras comme
moi.

— J'en demeure confondu, supposant qu'elle

aurait eu le bon goût de garder pour elle, sans
l'ébruiter, un accident...

— Je n'appelle pas accident un acte parfaitement volontaire de ta part.

— Volontaire soit, en tant qu'acte, mais non en
tant qu'injure.

— Alors, c'est comme marque de respect que tu
lui as bruyamment éternué au visage le jour de
ton retour dans sa maison ?

— Éternué ?... Qu'est-ce que tu me chantes ?...

— Oui... Éternué !.. Nous le tenons tous d'elle-
même.

Blanc-Minot s'arrêta net pour éclater de rire,

— Bon ! bon ! bon ! reprit-il, en se tampon-
nant les babouines avec son fin mouchoir de
batiste ; dès que Mᵐᵉ Ouweston appelle ça éternuer !.. Ah ! je reconnais bien là les euphémis-
mes charmants de cette pudique lady ! Eternué !
Après ça, en Anglais, ça se dit peut-être : éternuer !... Alors la légende est que je lui ai éternué
au nez !...

Et Blanc-Minot riait de plus belle ! Cette attitude
hilare commençait à m'impatienter un peu. Il s'en
aperçut :

— C'est trop drôle, dit-il, et il faut absolument
que je te raconte la vérité vraie ! fit-il.

— Je t'avoue que j'aimerais autant ça que de

demeurer le confident d'une tragédie à laquelle je
ne comprends rien et dont le héros se contente de
se chatouiller la râte devant moi.

Nous nous assîmes devant quelques consom-
mations vénéneuses, — car on ne cause à Paris
qu'en s'empoisonnant un peu, et nous sommes
tous de petits Mithridates inconscients, — et l'ami
de Jacques poursuivit en ces termes choisis comme
par moi :

*
* *

Il est fort rare qu'une belle-mère soit un objet
agréable dans un intérieur ; mais quand celle-ci
est Anglaise, méthodiste, confite en dévotion
huguenote, j'ose dire que c'est tout à fait une
calamité. Mᵐᵉ Ouweston, la mienne, est une
personne parfaite, ne voyant que le meilleur
monde ; mais quand elle ira dans l'autre, je l'engage à ne pas compter sur moi pour la pleurer.
Sèche comme un poisson conservé, tranchante
comme un coupe-cors, imprégnée de sa propre
estime comme une éponge, égoïste comme un
castrat, elle cache, sous des dehors évangéli-
ques, une âme faite de mesquineries et d'inventions déplaisantes. Fallait-il que j'aimasse ma
fiancée pour ne pas avoir deviné tout cela ! Cette

vieille débitante de bibles apocryphes faisait, il
est vrai, le gros dos, comme une chatte pelée
qui voudrait qu'on lui grattât l'échine, quand je
n'en étais encore qu'à ma cour. De ses mains
pareilles à des sarments de vigne, elle me con-
fectionnait des confitures détestables que je fei-
gnais de trouver excellentes, pour plaire davantage à Jane. Et imprudente ! des confitures de
gingembre, mon cher, à un pauvre garçon qui fait
sa retraite de néophyte au seuil du temple de
l'Hyménée ! Non ! Il m'a fallu une vertu ! Et puis
cette Jane m'avait si bien pris par toutes les
fibres ! Emprisonné dans le réseau d'or de sa chevelure pareille à un tissu de rayons ! Ah ! elle me
gavait aussi de thé et de petits gâteaux ! Je sortais
de chez elle avec des gésiers qui menaçaient de
culbuter les reverbères. Que ne me suis-je rap-
pelé le sage vers de Virgile !

Timeo Danaos et dona ferentes...

évidemment applicable aux belles-mères en général et à la mienne en particulier.

Enfin, la cérémonie faite, Jane et moi partîmes,
couverts de ses fausses larmes — des larmes longues comme ses dents et qui vous faisaient des
rigoles dans le cou. Je ne conterai pas mon
voyage de noces. C'est à Toulouse que nous

nous arrêtâmes. Parle-moi de Toulouse pour les premières nuits de confidences conjugales ! Nous perchions dans un nid de lauriers-roses. C'était délicieux ! Des amants, moins heureux que nous, chantaient leur peine sous nos fenêtres. Tout est musique dans cette cité romaine où les rossignols chantent toute l'année. A l'émotion près qui, surtout dans le mariage, est inséparable d'un premier début, je goûtai là des heures d'une félicité sans pareille. Je t'engage vivement d'aller te marier à Toulouse, mon garçon.

*
* *

Pour t'épargner les détails excitants, je passe rapidement à mon retour, à notre retour plutôt, chez Mme Ouweston, dans sa maison de campagne de Suresnes. Elle serra longtemps Jane dans ses bras moelleux comme des cordes à puits et me salua avec une froideur qui fit soudain tomber la température entre nous au-dessous de zéro. Il paraît que la vieille dame m'en voulait beaucoup de lui avoir ravi un peu de l'affection de sa fille. Ah çà ! en me la donnant, elle avait donc compté que Jane ne m'aimerait pas du tout ! Eh bien, en voilà une mauvaise humeur qui me comblait de joie, par son motif ! Haï d'une vieille femme parce que j'étais adoré d'une jeune ! Double profit ! Je tendis un dos complaisant aux douches qu'elle commença à m'octroyer avec une libéralité n'ayant d'égale que celle de l'excellent docteur Beni-Barde à l'endroit des gens de lettres. Et v'lan ! v'lan ! v'lan ! lés mots désagréables me couraient, en cercles, autour des flancs. Pst ! pst ! pst !... la lance faisait à son tour son office. L'hydrothérapie complète ! Paz chez soi ! Je me laissais faire, tout en concevant le plan de filer le lendemain avec Jane, ne fût-ce que pour retourner à Toulouse me sécher dans le bon soleil.

Il n'est pas d'attention déplaisante qu'elle n'eût pour moi. Le dîner fut composé exclusivement de mets britanniques, que je ne pouvais sentir, de sauces à la rhubarbe et de brouets empoisonnés de pickles. Pouah ! J'eus pour seule ressource un plat de haricots rouges que j'avalai presque tout entier, bien que n'ayant pour ce comestible qu'une estime relative. On dit que faute de grives, on mange des merles ; on mange aussi des haricots quand on n'a ni grives ni merles sous la dent. Un jour que j'étais sans livres, j'ai bien lu un roman de M. de Montépin ! Inutile de dire qu'on me refusa toute liqueur digestive et le droit de fumer.

Quand vint l'heure, impatiemment attendue par moi pour cent raisons, de se séparer pour aller prendre un peu de repos :

— Mon gendre, me dit de sa voix onctueuse
de quakeresse Mme Ouweston, vous voudrez bien
ne pas ouvrir la fenêtre de votre chambre, fenêtre
que j'ai eu, d'ailleurs, l'attention de cadenasser
moi-même. Elle donne sur de grands arbres, et
votre appartement serait immédiatement rempli
d'insectes qui empêcheraient ma fille de dormir.
Au reste, votre chambre est très suffisamment
aérée par le tirage entre la cheminée et la bouche
de calorifère que j'y ai fait ouvrir pour quand
j'aurai le plaisir de vous recevoir cet hiver. Bonsoir, monsieur ! A demain, ma pauvre enfant !

Et elle renouvela autour des épaules de Jane
des étreintes accompagnées de gros soupirs,
comme l'eût pu faire, au temps des martyres
chrétiennes, une mère à qui l'on arrachait sa
fille pour la livrer aux ongles aigus des lions.

Vieille bête, va !

*
* *

On a beaucoup écrit sur les vocations. On a cité
des peintres illustres qui, tout petits, traçaient
déjà des bonshommes sur leurs langes avec le
lait de leurs nourrices ; les mathématiciens célè-
bres qui, avant même de marcher, se complai-
saient aux figures géométriques que leurs ordures

enfantines traçaient sur le plancher ; les poètes
sublimes dont les deux premiers vagissements
avaient sensiblement rimé... Mais, c'est les mu-
siciens surtout chez qui la vocation est irrésistible,
impérieuse, tyrannique, implacable, indélébile et
sans pitié. Quoi que vous puissiez faire, vous
n'empêcherez jamais un Toulousain ni un haricot
de chanter. Un haricot rouge surtout !

Et j'en avais bien mangé deux ou trois mille,
par dépit des sauces à la rhubarbe et des brouets
empoisonnés de pickles... J'étais bondé de musique en pénétrant dans la chambre conjugale...
Or, je n'avais jamais parlé encore à Jane que de
mon amour ! Je n'avais pas encore établi, entre
elle et moi, ce délicieux échange de bouffonneries
mélodiques qui devient la joie des vieux ménages,
la *consolatrix afflictorum* des époux qui éprouvent
le besoin de rire après avoir longtemps causé.
Je prévoyais une lutte terrible entre cette symphonie insurrectionnelle et ma volonté inébran-
lable. Une baleine ayant avalé Beethoven au lieu
de Jonas n'eût pas été plus embarrassée que moi.
Un invisible chef d'orchestre battait déjà la mesure
dans mon abdomen ; j'y sentais le poids de par-
titions qu'on bouscule. Il y courait une sarabande
de doubles croches demandant leur liberté. C'était
une émeute de dièzes et de bémols qui se dis-

putaient à qui sortiraient les premiers. Je me
rappelle surtout une bougresse de quinte diminuée
qui préparait, dans le silence menteur, une ma-
nifestation à étonner Hubertine Auclerc elle-
même. De redoutables dissonances wagnérien-
nes s'aiguisaient à mes côtes. Qu'allais-je devenir ? n'était-ce pas une trahison nouvelle que ma
belle-mère avait méditée ?...

Les ivrognes n'ont pas seuls un dieu particulier. Sainte Cécile n'a pas été inventée pour les
chiens. Ma femme avait fort heureusement oublié
dans le salon le flacon de sels qui ne la quittait
jamais. Elle redescendit et me laissa un moment
seul. Pas une minute à perdre ! Je m'élançai à la
fenêtre... bon ! cadenassée... et si cette mâtine de
quinte diminuée avait l'haleine mauvaise ! Ça s'est
vu... Je ne pouvais pas risquer une intolérable
parfumerie... Bah ! Et la bouche de calorifère...
Bon ! cette affreuse Mme Ouweston, qui savait,
sans doute, que je couchais dans la ruelle, l'avait
placée le long du lit, tout près de ma tête, pour me
fourrer de bons rhumatismes. Tant pis, je me
hissai à hauteur, je fermai hermétiquement la dite
bouche avec le plus charnu de ma personne et
j'entonnai victorieusement dans ce merveilleux
conduit tout le grand air qui me travaillait les
entrailles.

Quelques instants après, des cris terribles re-
tentissaient dans la maison et Jane entrait dans
ma chambre comme une folle en criant : « Viens !
viens ! Ma mère a une attaque de nerfs ! Ma mère
se meurt ! Ma mère est morte ! »

*
* *

C'est stupide de faire, comme ça, aux gens de
fausses joies en leur citant du Bossuet. Il est vrai
que Mme Ouweston se tordait sur un canapé en
glapissant d'une façon déplorable. Je m'approchai
et mal m'en prit ; car elle ne m'eut pas plutôt
reconnu qu'elle me sauta à la figure pour me
griffer, en redoublant de grimaces exagérées. Je
dus sortir pour qu'elle s'apaisât un peu, et je dois
à la vérité de dire que, sur le conseil de Jane, je
ne l'ai jamais revue depuis.

— Et tu n'as pas eu explication de cette fureur ?
interrompis-je.

— Si fait, le lendemain, par l'architecte de
Mme Ouweston que je rencontrai par hasard et
qui faillit mourir de rire en apprenant l'aventure.
Il m'avoua que cette excellente personne, dans le
but odieux d'entendre tout ce qui dirait entre ma
femme et moi, la nuit, avait fait établir, dans le
faux conduit du calorifère où j'avais épanché mes

soupirs, un appareil acoustique communiquant avec sa propre chambre et qui, grâce à l'ingénieux phono-multiplicateur du docteur Van de Bedenne, lequel enfle les sons d'une mirifique manière, donnait à un simple souffle de brise un mugissement de trompette. Si bien que ma symphonie soissonnaise était parvenue à l'oreille de la pauvre dame sous les espèces d'une canonnade qui avait failli la renverser ! Ma quinte diminuée avait sonné comme un tonnerre !

Voilà, conclut Blanc-Minot, ce que ma belle-mère appelle, paraît-il, lui avoir éternué au nez.

— Eh bien, Blanc-Minot, je ne te fréquenterai pas quand tu seras enrhumé.

FUTILITÉ

— Deux vermouths-coktels, demanda Jacques
en faisant asseoir affectueusement, le premier, son
ami Blanc-Minot, qu'il n'avait pas rencontré depuis plus de trois mois.

Le garçon apporta deux verres à bordeaux pleins
d'un liquide doré que surmontait une mousse fine
et presque rose ; dans chacun des verres plongeait
une longue paille inclinée sur le bord d'une façon
tout à fait mélancolique. Et nos deux bons compagnons commencèrent à causer.

— Tu viens de Luchon ? demanda Blanc-Minot
à Jacques.

— Comme tous les ans à pareille époque. Rien
ne vaut pour moi ce beau coin de paysage pyré-
néen.

— Et y avait-il beaucoup de femmes ?

— Pas une.

— Tu m'étonnes !

— Il n'y avait que leurs mères.

— Que veux-tu, c'est un peu comme ça partout.
On plaisante les partisans de la génération spon-
tanée. Eh bien, moi, je commence à croire que les
femmes d'aujourd'hui naissent à quarante ans.

— Le fait est que la jeune fille est un mythe.
Jeanne Darc elle-même...

— Aurait aujourd'hui quatre cent soixante-qua-
torze ans et quelques mois.

— Elle n'en aurait que plus de mérite à être encore Jeanne Darc ! conclut très sagement Blanc-
Minot.

Une belle fille un peu fardée, faisant claquer sec
ses petits talons sur le boulevard, vint à passer,
avec le sourire chercheur qui donne faim pour ces
pauvres créatures.

— Ah ! mon Dieu ! fit Blanc-Minot en toussant
et en crachant.

— Qu'as-tu donc ? lui demanda Jacques. Les courtisanes te causent-elles aujourd'hui tant de dégoût ?
Ce sont les seules femmes qui ne trompent pas, et
cela est bien quelque chose.

— Tu n'y es pas, répondit avec effort Blanc-
Minot. J'estime qu'elles constituent ce qu'il y a de
mieux dans la société ; mais en regardant celle-ci

et tout en buvant, j'ai failli avaler cette maudite
paille que cet animal de garçon aurait bien dû
laisser dans sa litière.

— Bah ! comme Laripète !

— Laripète a failli avaler une paille comme ça ?

— Il l'a bel et bien avalée, le malheureux, et
ce fut le point de départ d'une sinistre aventure
pour notre pauvre commandant. Veux-tu que je te
conte ça ?

— Volontiers, mais pendant ce temps-là, je fini-
rai ma consommation en me servant tout bêtement
de ma bouche, comme toutes les autres bêtes du
bon Dieu qui n'ont jamais eu l'idée de se seringuer
l'eau des sources par le haut.

*
* *

— Donc, continua Jacques, notre vieux supérieur hiérarchique, qui profite des loisirs de sa retraite pour venir passer, de temps en temps, quelques jours à Paris, était assis à cette table même,
ou à peu près, avec l'amiral, quand ce dernier, toujours paradoxal, accoucha d'une saugrenuité telle
que Laripète qui était en train, comme moi tout à
l'heure, de pomper son sherry-gobler, l'aspira d'un
coup, engloutissant, en même temps, l'appareil de
drainage à travers lequel il le humait délicieuse-

ment un instant auparavant. Le liquide fit : glou !
la paille cria légèrement en se pliant pour disparaître dans le gosier. Le commandant se leva,
comme s'il étouffait, et cette méchante gale de Le
Kelpudubec riait si fort que ses larmes, dont un
crocodile lui-même n'eût pas voulu, roulaient, en
cascade salée, dans son verre encore à demi plein.
Après trois ou quatre mouvements de cou comparables à ceux qu'exécutent les canards quand un
mauvais plaisant leur a fait avaler une pièce de
deux sous qu'il lui faut attendre ensuite un quart
d'heure, pareil à un douanier vigilant, il se rassit
en soupirant d'un bon gros soupir d'homme sou-
lagé. Le tout était descendu, tant bien que mal,
alcool et fourrage. Il ne restait à notre vénérable
ami qu'une grande soif et il ne but pas moins
d'une carafe d'eau claire pour refouler le tout aux
mystérieuses profondeurs de son estomac et de
sa vessie. Les mauvais sentiments sont toujours
punis. Repris d'un accès intempestif d'hilarité au
moment où il revenait à sa consommation, Le
Kelpudubec fit l'opération inverse de celle du
commandant. Il souffla, sans le vouloir, dans la
paille, et tout ce qui restait du sherry-gobler fut
projeté au nez d'un paisible voisin à qui le loup de
mer dut faire, en grommelant, des excuses. Il se
rattrapa immédiatement d'ailleurs de cette cour-

toisie gratuite et obligatoire en disant un tas de
choses désagréables à Laripète. Mais celui-ci, ré-
venu de son alerte, ne se sentait aucun levain de
susceptibilité au cœur. Au contraire, ça l'amusait.
Ils dînèrent ensemble et allèrent voir un ballet, je
ne sais où, les ballets étant encore aujourd'hui ce
qu'il y a de mieux en littérature dramatique, j'en-
tends de moins contraire aux saintes lois de l'art
d'écrire et de penser, lesquelles en voient de belles
sur les scènes où l'on permet aux acteurs de pro-
noncer des mots.

Laripète repartait le lendemain pour le château
de la Roussinière, où la commandante l'attendait
chez des amis exerçant, pendant la belle saison,
une princière hospitalité. Il ne pensait plus à son
accident du tout, par la bonne raison qu'il n'en
éprouvait aucune incommodité.

*
* *

Trois jours après, et toujours chez les seigneurs
de la Roussinière, Laripète était descendu de grand
matin vers les bords de la petite rivière qui traver-
sait le domaine, promenant un ruban d'argent clair
dans l'épaisseur des verdures, un torrent exquis
qui courait sur les pierres avec une musique de
perles qu'on égrène, puis soudain se perdait, dans

un chatoiement d'écume, l'eau s'apaisant sur un fond plus lointain de sable, subitement calme comme celle des grands lacs cœruléens. Imaginez un matin d'août à peine noyé de brumes légères, traversé de clairs rayons de soleil s'abattant comme des flèches d'or à travers les éclaircies du feuillage, un matin virginal que chantait, sur toutes les branches, la voix vibrante des fauvettes, tandis qu'un peu plus loin, amorti par les souffles qui emportent, le battoir des lavandières semblait rythmer la confuse mélodie éparse dans l'air avec le parfum rajeuni des fleurs mouillées par l'aurore. La plainte des roseaux mêlait sa mélancolie éternelle à ce grand hymne triomphant de tous les êtres et de toutes les choses vers la lumière, et les saules s'éploraient délicieusement dans le grand frisson d'amour où les dernières sèves achevaient de mourir. Un poète se fût assis là sur la mousse pour rêver. Laripète, lui, se contenta de retirer méthodiquement sa culotte.

— Hein ?

— Toujours prêt à supposer des inconvenances dans mes récits ! Est-ce que j'ai jamais donné prise aux légitimes et glorieuses susceptibilités du bon goût ? C'est embêtant, tu sais, Blanc-Minot, d'avoir toujours affaire à des gens qui épient vos moindres paroles pour y chercher une malpro-

preté. Il n'y a pas de classique qui pourrait ré-
sister à ce mauvais vouloir systématique, à cette
torture malveillante. Avec ce genre d'esprit-là je
me fais fort de te trouver dans Bossuet des cochonneries à faire pousser des cheveux sur la tête
des chauves, ce qui est bien plus fort que de les
faire simplement dresser sur le chef de ceux qui
en ont. Alors tu aurais voulu que Laripète gardât
son pantalon pour descendre dans la rivière y
chercher des écrevisses entre les pierres ? Tu l'aurais gardé, toi ?

— Le pantalon de Laripète ? jamais ! Je ne l'ai
jamais porté.

— Non, mais le tien ? Il suffit. Je te dis que le
commandant avait pris cette précaution et n'était,
pour cela, en rien blâmable. Car il s'était installé
dans un coin de verdure très touffu, très obscur et
où personne ne pouvait l'apercevoir à cette heure
matinale, pas même la déesse Diane qui n'en voulut
tant à Actéon que parce que celui-ci lui montra une
lune tout entière tandis qu'elle ne portait elle-même
qu'un simple croissant. La mythologie a arrangé
ça à l'honneur de la pudique immortelle, mais moi,
j'ai coutume de rétablir toujours les faits dans leur
sincérité. Tu me demanderas maintenant pourquoi
e commandant allait pêcher des écrevisses dès
l'aube ? Tout simplement pour se rendre utile et

agréable dans la maison où il était si bien reçu, et
aussi parce que le châtelain de la Roussinière, qui
avait un faible pour la commandante, lui avait inspiré, de concert avec elle, cette idée ingénieuse; et
enfin, parce que, amoureux lui-même, stupidement
amoureux, Laripète quittait le lit conjugal avec un
entrain extraordinaire pour aller rêver solitaire-
ment — en attendant mieux — à celle qui avait
ranimé inopinément les cendres longtemps éteintes
de son cœur. La beauté qu'il adorait de cette tendresse encore timide et presque inavouée c'était la
brune Rosa, la fille du jardinier du château; un
brin de créature superbe, malicieuse déjà et très
courtisée par les gars du pays, et qui lui riait au
nez de toute la blancheur laiteuse de ses dents.

* * *

Donc, nu jusqu'à la ceinture environ — en commençant par le bas — essayez, comtesse, c'est la
vraie manière — nu, dis-je, et une balance de pê-
cheur à la main, Laripète pataugeait dans l'eau
claire, fouillant du regard les transparences vertes
où les écrevisses dérangées passaient, rasant le
sol flottant, maladroites et rayant le sable de leurs
larges pinces de bronze pour fuir plus vite.

Soudain un éclaboussement d'eau se fit à quelque

distance, un clapotement formidable que suivirent
de grands cris de femmes. C'était du lavoir dont
j'ai parlé et où les paysannes d'alentour venaient
travailler de bonne heure. Laripète, chez qui l'âge
n'avait refroidi ni le cœur ni le courage, remonta
rapidement sur la berge et s'élança à travers le
taillis. — Sans reprendre son pantalon ? — Certainement, sans reprendre son pantalon. C'est en
voulant repasser le sien qu'Héro laissa se noyer
Léandre : encore un point de cette poétique légende qui n'avait pas été éclairci avant moi ! En
quelques bonds, l'intrépide commandant était arrivé sur le lieu de l'accident... un accident terrible. Car l'endroit était vite, profond, la rive, à
peine oblique d'abord, s'enfonçant presque à pic
ensuite. Et qui était tombé ainsi dans l'eau ? La
brune Rosa, en personne, venue pour taquiner les
lavandières, et qui, dans un faux mouvement, avait
perdu l'équilibre en mettant le pied sur la planche
glissante où celles-ci posaient leur linge après l'a-
voir fouetté. — Au secours ! Au secours ! criaient-
elles toutes. Laripète s'était déjà jeté à la nage. Un
instant après, Rosa sauvée sortait du gouffre tirée
de la rivière par vingt bras rondelets et mordus de
rose par le hâle, les cheveux sur les épaules, ses
beaux cheveux plus brillants de l'éclat de l'eau qui
pleurait, tout le long, en cascade. Je ne m'attarde-

rai pas d'ailleurs à te décrire son corps charmant
sur lequel se moulait, aussi étroitement que dans
la nudité, sa robe mouillée, collée à ses formes,
pleines de délicieuses trahisons. Ce sont babioles
qui vous mènent présentement aux assises.

J'arrive au fait, au fait étonnant, à la conclusion
vraiment formidable de cette histoire.

Le pauvre Laripète, lui, ne pouvait sortir décemment de la rivière devant ces demoiselles, et était
condamné à y rester provisoirement jusqu'à mi-
corps au moins. L'eau, d'ailleurs, troublée par le
travail des lavandières, était opaque, blanchâtre,
et telle qu'on la trouve toujours devant les lavoirs
en exercice. Tout aurait donc été pour le mieux si,
dans l'effort qu'il avait fait en plongeant, la maudite paille avalée trois jours auparavant par le
commandant n'était sortie de plus de moitié de
ce que je suis bien obligé, malgré mon goût personnel pour la noblesse des mots, d'appeler son
derrière, ce vocable étant le seul qui exprime clairement ma pensée. Le postérieur de notre vieil
ami eût donc pu donner, de loin, l'illusion d'un
joueur de flûte.

Or, les émotions vives se traduisant toujours,
chez Laripète, par une grande force expansive de
ses gaz naturels intérieurs, il commença de souffler, par ce bout et d'une intermittente façon, dans

ladite paille et, comme il se trouvait dans une eau
pleine des plus purs produits que Marseille destine
au nettoyage du linge, il se forma tout à coup, autour de lui, une infinité de bulles de savon dont
plusieurs étaient grosses comme des œufs d'au-
truche et dont quelques-unes s'envolaient, se tei-
gnant en l'air de toutes les couleurs féeriques du
prisme et auréolant la tête du commandant d'une
couronne de mignonnes mappemondes où l'azur
du ciel se réfléchissait, et qui roulaient le long de
son crâne comme de petites folles, pour aller ensuite crever un peu plus haut.

Ce fut un éclat de rire formidable des lavandières. Rosa, elle-même, oubliant toute reconnais-
sance envers son sauveur, se roula sur l'herbe en
se moquant de lui. Laripète, confus, attendait toujours qu'un dieu vînt le délivrer ou que ces demoiselles se décidassent à s'en aller, ce qu'elles ne
firent qu'à grand'peine. Il attrapa un rhume de
cerveau abominable, outre qu'il lui fut impossible
de conter jamais son amour à la cruelle fille du
jardinier, laquelle ne pouvait plus le rencontrer
sans se tenir les côtes de la plus inconvenante
façon.

LOLA

C'est à la foire foraine qui eut lieu, il y a quatre ans, je crois, au cœur même du jardin des Tuileries, sous le nom pompeux de « Fête de la Jeunesse », que je la remarquai pour la première fois, moi, le grand explorateur de baraques, le Christophe Colomb des Amériques Bohèmes, l'inguérissable flâneur des réjouissances en plein vent, l'auditeur passionné des parades et le spectateur convaincu des théâtres à quatre sous. Elle travaillait dans une petite tente que quatre piquets défendaient mal contre les soufflets du vent : un boiteux battait du tambour à la porte et une abominable vieille à l'accent marseillais tourmentait, en faisant l'annonce, un malheureux singe, enchaîné au bout d'un grand bâton. Le tout avait l'air minable et la foule passait volontiers devant ces tréteaux sans

prestige, gardant son argent pour des saltimbanques plus cossus. Mais moi j'entrai et ne me re-
pentis pas. Car si elle n'était pas absolument belle,
cette Lola, fastueusement qualifiée de « Perle des
Asturies » sur une toile assez méchamment peinte
au-dessus du portique en rideaux crasseux, sa personne respirait un charme étrange et presque sauvage. La figure un peu mince semblait, sous sa
chevelure noire, épaisse et luisante, celle d'un enfant qui s'est coiffé d'un casque trop lourd, d'un
casque se prolongeant en longue crinière. Le type
du visage ne manquait pas de race : nez régulier
où vibraient deux petites narines mobiles et trans-
parentes comme des pétales de rose qu'un frisson
de brise surprend; yeux allongés dont la couleur
devenait insaisissable dans le rayonnement lumi-
neux et enveloppant du regard; dents admirablement petites que découvrait volontiers un sourire
plein de douceur. Les épaules étaient d'une délicatesse de contour presque virginale et c'était
merveille de voir ce corps jeune et souple, presque
frêle par le haut, s'épaissir aux hanches d'un re-
bondissement superbe, soutenu par deux jambes
d'un dessin pur et vigoureux, élégantes et pleines
comme celles de Diane de Gabies. Tout cela se
voyait à merveille sous le léger corselet de velours,
à peine large comme un ruban, qui entourait la

taille, et le maillot tendu et cent fois rapiécé qui descendait jusqu'aux petits souliers éculés. Était-elle vraiment Espagnole, comme l'affirmait, en soufflant de grosses bouffées d'ail, son Barnum femelle? Je pense, comme feu Louis XIV, que c'est en matière de beauté surtout que « il n'y a plus de Pyrénées », et rien ne m'est plus indifférent que les nationalités des jolies filles. Les exercices de celle-ci consistaient en quelques jongleries assez gauchement effectuées avec des boules de cuivre et des anneaux, et la séance se terminait par quelques expériences de somnambulisme et d'insensibilité magnétique où la vieille de la porte lui servait de commère. Spectacle assez pauvre au demeurant et justifiant l'indifférence des promeneurs. Je n'y revins pas moins plusieurs fois, non pas que je fusse le moins du monde amoureux de cette péronnelle en jupons courts : mais j'éprouvais, pour elle, une sympathie bizarre; je subissais une attirance (c'est un mot à la mode) instinctive de sa part.

*
*

A toutes les fêtes qui suivirent, je commençai l'inspection générale de mes féaux sujets, en m'assurant qu'elle était bien à son poste. Je suis comme une façon de roi dans ce quart de monde des

« crieurs de saulce verte », comme les appelait dédaigneusement Rabelais. J'y ai mes serfs fidèles qui me saluent d'un sourire respectueux en me reconnaissant au passage. J'y ai même mes courtisans que j'interroge quelquefois pour savoir si mon peuple est satisfait de moi, ce que ne manquent jamais de faire les souverains de féeries. Ceux-là (mes partisans) sont de vieux pitres hors d'âge ou des acrobates invalides qui vendent péniblement de méchants petits bibelots pour gagner encore « cahin-caha leur paouvre et paillarde vie ». Ivrognes au piton de pourpre frangé de noir par des bavures de tabac, bavards impitoyables que je fais habilement causer en leur offrant de mauvais cigares et des petits verres. Il faut me voir dans ces diplomaties souterraines où j'excelle! M. le préfet de police, dernièrement encore, m'a fait demander des leçons. Mais je garde pour moi ce flair prodigieux dont l'exercice rendrait inégal le combat entre la police partout victorieuse et le crime inévitablement puni. Or, ce combat est la raison d'être même de la police et je ne veux pas miner une institution à laquelle les assassins tiennent beaucoup.

Je dois à la vérité de dire que, sur Lola, les renseignements que je recueillis et les rapports de mes agents secrets furent absolument contradictoires. Je sus cependant d'une façon certaine

qu'elle n'était la fille ni de l'horrible Marseillaise
qui martyrisait le sapajou ni de l'abruti qui battait
la caisse sans jamais la remplir. Autre détail plus
délicat : on ne lui connaissait aucun amant dans le
monde des lutteurs, trapézistes, porteurs de poids
et autres délicats ouvriers du biceps qui constituent
le bataillon des grands vainqueurs parmi cette
noble société. Quelques-uns en induisaient timide-
ment qu'il se pourrait bien qu'elle fût sage. Mais
les sceptiques de la bande aimaient mieux en conclure qu'elle couchait avec tout le monde sans le
dire à personne. Alors, franchement, pourquoi
n'était-elle pas mieux nippée? Vrai, pour faire ce
métier-là, elle était bien bonne enfant de se donner, par-dessus le marché, la peine de jeter des
boules en l'air et de faire semblant de dormir à
commandement! Le prestige de la scène, sur lequel
nos dames des petits théâtres comptent tant pour
leur aimable commerce, ne descend pas jusqu'aux
planches infectes où pataugent dans la crotte les
derniers enfants de Thespis, la dame au chariot
trébuchant.

Tout cela, en somme, était assez mystérieux.
Pure curiosité de badaud de ma part, d'ailleurs,
mais curiosité attendrie et émoustillée à la fois par
je ne sais quel intérêt stupide que cette créature
intermittente m'avait inspiré.

* *

M. Venceslas, directeur du grand théâtre des *Nouveautés dramatiques*, où se jouaient actuelle ment les *Pirates de la Savane*, avec dix-huit personnes en scène et un cheval, attendait tranquillement l'heure de la représentation, en fumant sa pipe, à cheval sur une chaise devant son établissement. Ample casquette de loutre coiffant un visage rubicond encadré de favoris grisonnants; complet de velours à côtes, et, sur l'estomac, rayant le gilet comme un éclair d'or, une grosse chaîne de montre se terminant en constellation de breloques. Il y avait beaucoup de fierté douce dans sa physionomie. Il ne faut pas être le premier venu pour posséder un des plus beaux théâtres en plein vent de toutes les grandes fêtes de banlieue, pour tenir sa place dignement auprès des Montmorency-Becker et des Rohan-Cochery, pour exhiber, devant de vraies avant-scènes à vingt-cinq sous le fauteuil, des acteurs de drame en chair et en os, des Dumaines d'occasion et des Paulins-Méniers de rencontre, sans compter les Sarah-Bernhadts à cinq francs le cachet, ce qui me paraît cher déjà. M. Venceslas avait déjeuné tard, pris le doux cognac après le moka succulent, et les voluptés tranquilles d'une digestion sans accrocs se lisaient

sur sa face satisfaite, je ne sais quelle plénitude
d'existence repue, le bien-être béat d'un directeur
qui compte sur une recette, mais qui pourrait s'en
passer. Aussi, accueillit-il avec un gros sourire
d'homme que le contentement fait aimable, son fils
René qui, tout en achevant de se faire le visage
pour représenter bientôt le bel Andrès, le tueur de
lions empaillés, s'était approché de lui.

— J'ai quelque chose à vous dire, mon père, fit
le jeune homme.

— Parle, fiston! répondit M. Venceslas dont les
moindres mots étaient empreints d'une distinction
parfaite.

— J'ai envie de me marier.

— Et moi, j'en ai aussi envie pour toi. Je t'ai
trouvé une demoiselle Bouthor qui fera joliment
ton affaire. Retirés de notre monde, les Bouthors,
mais pas fiers pour cela. Un beau brin de fille qu'il
te faudra attendre encore deux ans ; car elle n'en a
que treize.

— C'est pour tout de suite, mon père, que j'ai
l'intention.

— Bah! ça te presse tant que ça? Eh bien, nous
chercherons.

— C'est tout trouvé, si vous le voulez.

M. Venceslas tourna vivement ses petits yeux
gris vers son héritier qui continua :

— C'est la Lola que je voudrais prendre comme femme.

— La Lola? connais pas ! poursuivit son père en continuant de le regarder.

— La petite somnambule...

— Ah ! nom de Dieu !

Et M. le directeur des *Nouveautés dramatiques* devint écarlate, cloué sur sa chaise, roulant des yeux où le sang perlait, monstrueusement apoplectique, congestionné, mâchonnant, comme des cailloux dans la bouche, des mots qui ne venaient pas. Les premiers qui devinrent un peu distincts furent :

— Est-ce que tu te f... de moi ?

— Elle est sage, mon père, j'en suis sûr. Je l'aime et elle m'aime. Elle est économe et nous sera ici d'un grand secours...

Le vieux répéta, comme s'il n'était pas bien sûr de n'avoir pas affaire à un cauchemar :

— Est-ce que tu te f... de moi ?

Puis se levant comme poussé par un ressort, solennel et presque biblique :

— Est-ce que tu t'imagines, animal, qu'un Venceslas peut épouser une saltimbanque ?

— Mais vous-même, père, avez commencé...

— Par avaler des étoupes place de la Bastille, c'est vrai ! Mais je me suis élevé au-dessus de mon rang par mon mérite et je ne souffrirai jamais que

tu m'y fasses redescendre en ta personne ! Tu me
dois tout, entends-tu, canaille !... etc., etc., etc.

Je vous fais grâce des théories aristocratiques
de M. Venceslas en cette circonstance. Mais tenez
pour certain qu'un descendant authentique des
Croisés n'eût pas tenu un langage plus digne et
mieux imbu de doctrines féodales. Il ne plaisantait
pas, le vieux marquis des Flammèches comestibles !

Une heure après, le malheureux René, les yeux
très rouges, disait à la petite Lola qui, elle aussi,
allait commencer ses exercices et était venue sournoisement derrière la toile :

— C'est fini, papa ne voudra jamais.

Elle s'en alla, sans dire un mot et sans regarder
derrière elle.

*
* *

Les petites boules de cuivre et les anneaux d'or
sonnent dans la large cuvette de faïence où on
les pose quand la jolie jongleuse a fini ses premiers
travaux. A la magnétiseuse, maintenant. L'horrible vieille pose ses doigts osseux sur les yeux à
demi fermés de Lola et lui fait quelques passes
emphatiques. Puis elle l'interroge et lui fait dire
tout ce qui était convenu entre elles. Enfin elle
prend sur la table de longues aiguilles très fines et
découvre le bras très blanc de la jeune fille. Une

première y plonge sans un tressaillement du sujet et sans qu'une goutte de sang coule.

— Pourriez-vous vous piquer vous-même, mademoiselle, demande la sorcière.

Sans répondre, Lola prend la plus longue des aiguilles et, d'un geste brusque, l'enfonce sous son corsage à la place du cœur. L'acier plie d'abord sur l'étoffe, puis entre.

Le rare public croit à une supercherie et crie : Bravo !

Elle, ouvre démesurément les yeux, porte aux deux côtés de sa magnifique chevelure ses petites mains veinées de bleu et tombe en arrière comme une masse, sans un cri.

Voilà pourquoi, m'a dit un de mes confidents des grandes places, Lola n'est pas, cette année, à la fête de Saint-Cloud.

P.-S. — On m'assure que M. Venceslas et toute sa troupe ont assisté au convoi de la pauvre fille. M. le directeur des *Nouveautés dramatiques* avait essentiellement tenu à rendre ce dernier hommage à la petite somnambule.

— Nous sommes tous égaux devant la mort, fiston ! avait-il dit majestueusement à son fils.

— Eh bien alors, mon père...

— Alors, ça prouve tout simplement, mon garçon, que nous ne l'étions pas avant.

THE LANCET

— Sapristi ! fit le commandant Laripète, en laissant choir le numéro du journal médical anglais ayant pour titre celui de cet article, lequel journal passe pour un des organes scientifiques les plus sérieux de la Grande-Bretagne. Car sachez que notre vieil ami met sagement à profit les loisirs de sa retraite en se versant dans l'étude des langues étrangères.

— Qu'est-ce qui vous prend encore, vieux sapajou ? fit la commandante que cette exclamation avait intempestivement troublée dans le compte de ses points de tapisserie.

— Si tu m'avais fait casser ma pipe, tu en aurais vu de belles ! grogna l'amiral. Encore quelque billevesée qui te traverse le cerveau ! Mais c'est une boîte à air que ton crâne, mon pauvre garçon ! Les microbes qui y cherchent ta cervelle doivent y attraper des torticolis.

— Vous feriez mieux de m'écouter tous, reprit tranquillement Laripète. Car il s'agit d'une découverte qui sauvera la vie à bien des gens. Et toi, Le Kelpudubec, tu devrais la railler à l'avance moins que personne. Car elle sera, dans les naufrages, d'un puissant et très efficace secours.

— Voilà qui m'est bien égal, puisque je ne navigue plus. Et quel est l'auteur de cette imagination philanthropique et sublime ?

— L'illustre Sylvester de Londres (ne pas le confondre avec un chroniqueur du *Gil Blas* dont le nom ressemble au sien, un gros qui aime beaucoup raconter des cochonneries et qui s'est permis de me blaguer autrefois), le grand Sylvester, le seul Sylvester, le Sylvester des Académies.

— Et il a trouvé, ce médecin ?

— Le moyen d'empêcher les gens de se noyer.

— Reste à savoir la nature de ce moyen, car il en est d'indélicats : celui qui consiste, par exemple, à enseigner à ses enfants à vivre aux dépens des femmes.

— Amiral, vous oubliez que je suis là ! objecta sévèrement la commandante.

— Voyons, lis-nous ça, si ça t'amuse. Aie l'obligeance seulement de traduire pour nous.

— Je ferai mieux ! s'écria Laripète, je vais vous
donner la traduction du *Petit Journal* qui n'est
pas, que je sache, rédigé par des gobe-mouches.

Et le commandant poursuivit :

*
* *

« *Il suffit d'avoir sur soi un petit canif à lame
étroite, ou tout autre instrument tranchant, et, au
moment où vous allez vous abandonner aux flots,
soit volontairement, soit involontairement, vous
pratiquez une petite incision dans votre bouche à la
hauteur de la première molaire inférieure ; puis vous
aspirez le plus d'air que vous pouvez et, au lieu
d'exhaler cet air par la bouche ou par les narines,
vous le refoulez dans l'ouverture ainsi pratiquée, en
ayant soin, bien entendu, de boucher hermétiquement les ouvertures naturelles...*

— Onésime, assez de malpropretés ! interrom-
pit la commandante. D'ailleurs comment les
femmes...

— Ma bonne amie, c'est le *Petit Journal* que
je te lis, la plus morale des feuilles publiques.
Veux-tu que je te passe le numéro ? Non ! Eh
bien alors, je continue : « *Au bout de peu de temps,
vous êtes gonflé, à l'exemple de ces animaux de bou-
cherie auxquels on insuffle de l'air une fois abattus,*

avec un soufflet, de façon à pouvoir les écorcher plus facilement... »

— Encore une image gracieuse !

— Qu'est-ce que tu veux que j'y fasse ? Laisse-moi donc aller jusqu'au bout : « *Par le fait de ce gonflement artificiel, votre corps augmente de volume et perd de sa densité, au point de vous permettre de flotter sur l'eau comme une simple barrique vide bien bouchée...* »

— Ça, c'est pour toi, mon vieux ! s'écria Le Kelpudubec. Car tu es suffisamment gros et plus bouché encore. Tu es, à ta façon, un foudre, pas de guerre malheureusement.

Le bon commandant haussa les épaules et poursuivit : « *Plus n'est besoin, dès lors, de savoir nager ni de faire le moindre mouvement pour se maintenir sur l'eau. Les personnes les plus maigres peuvent flotter ainsi pendant plusieurs jours. Viennent-elles à s'enfoncer, elles n'ont qu'à renouveler leur provision d'air, l'incision pratiquée à l'aide d'un petit canif pouvant servir assez longtemps...* »

— Et c'est d'un nourrissant !...

— « *Cette opération, ou mieux le résultat de cette opération, constitue un emphysème artificiel, analogue à l'emphysème qui existe réellement chez certains individus et qui amène des boursouflements soit de la face, soit du cou, soit de n'importe*

*quelle partie du corps. Le docteur Sylvester s'est
d'ailleurs convaincu, par l'expérience, que l'emphysème sous-cutané ainsi obtenu était absolument inoffensif et que rien n'était plus aisé que de le faire
disparaître aussitôt qu'il avait cessé d'être utile.* »

Laripète se tut.

— Et tu crois tout ça, grand nigaud ? lui dit sa
femme.

— Certes ! répondit avec conviction l'ancien
militaire. Du reste, je ferai l'expérience sur moi-
même.

*

Le lendemain, le commandant fut absent toute
la journée. Il était sorti de bonne heure, sans
avoir voulu donner à personne la moindre indi-
cation sur le but de sa promenade. La vérité est
que, muni d'un excellent petit canif, il s'en était
allé gagner un coin très isolé de la rivière voisine, sous une saulaye qui projetait, sur une baie
large et profonde, l'ombre de ses pleurs immobiles et vivants. Là, l'eau d'un vert d'émeraude
était sans remous et pleine de fraîcheurs atti-
rantes. Laripète savait nager ; mais il avait eu
soin de s'attacher de près les deux chevilles l'une
à l'autre, se jurant à lui-même de ne pas se servir
de ses deux bras pour se soutenir sur l'eau. Il

voulait une expérience consciencieuse jusqu'au péril et approfondie jusqu'au sacrifice. Il avait poussé le scrupule jusqu'à rédiger à l'avance une façon de testament, une lettre d'injures abominables adressée au docteur Sylvester, au cas où celui-ci aurait causé sa mort. Après quoi, notre intrépide ami se fit l'incision précitée entre les deux molaires indiquées, ce qui lui fut d'autant plus malaisé qu'elles lui manquaient toutes les deux. Il ne me convient pas de trahir les secrets d'un homme aussi profondément dévoué à la science. S'il en faut croire cependant les révélations d'un caniche savant qui prenait son bain à quelque distance, le commandant pataugea horriblement, but une série formidable de gouttes, éternua comme un marsouin dans la rivière. Remarquez que cela ne prouve rien contre les faits annoncés par cet illustre Sylvester, qui est peut-être un de mes parents, ayant pour ancêtre quelqu'un de mes aïeux maternels, lesquels, en leur qualité de Normands, envahirent naguère la Grande-Bretagne. Tout ce qu'on en pourrait conclure, c'est que notre vieil ami s'y prit sans doute maladroitement. Ce n'est pas du premier coup qu'on apprend aux bœufs à nous offrir leur peau toute détachée sur un coussinet d'air, élastique et flottant. Il leur faut, pour en arriver là, l'éduca-

tion austère de l'abattoir. Laripète laissa-t-il
s'exhaler par la bouche et les narines le gaz labo-
rieusement aspiré ? Ne ferma-t-il pas assez hermétiquement ses ouvertures naturelles ? Fit-il in-
suffisamment son refoulement dans l'ouverture
pratiquée, ou ne sut-il pas donner à son emphysème artificiel le renflement moelleux et l'innocent ballonnement qui en sont les charmes,
comme le parfum est celui de la rose ? Toujours
est-il qu'il n'obtint pas de résultats précis, héroïques, indiscutables, dans cette longue expérience
qui ne lui laissa dans le cerveau qu'un coryza.

Il se garda bien d'en entretenir sa femme et l'a-
miral en rentrant chez lui. Il préféra leur dire
qu'il était allé herboriser sur quelque colline.
Car il consacrait à l'étude de l'histoire naturelle
tout le temps qu'il ne donnait pas aux autres
branches de la science universelle, étant donné
que celle-ci est un arbre au pied duquel les uns
cherchent des truffes et les autres des glands.

*

Nous sommes, quelques heures après, dans
l'alcôve où repose, sur un lit bien dumeté, comme
on disait au temps du vieux Villon, le ménage Laripète, le commandant dans la ruelle, suivant son

habitude, et la commandante au bord du lit, place que ne manquent jamais d'adopter les femmes qui trompent leurs vieux maris.

— Holà! Onésime, mon ami, reculez-vous donc un peu, fit en dormant à moitié la commandante.

C'est par un ronflement que le commandant lui répondit, et puis ce fut un nouveau silence.

— Mais, Onésime, vous allez me faire tomber sur la table de nuit, reprit, un instant après, et sur un ton plus réveillé, madame.

Même réponse de monsieur.

— Je vous dis, Onésime, que je vais être par terre.

Et en même temps, la commandante étendait la main du côté de son époux. Un cri de surprise, brusquement étouffé, lui demeura dans la gorge et une invincible horreur la fit muette. Le commandant avait au moins triplé de volume et sa surface était si molle que les doigts y enfonçaient.

La malheureuse femme sauta à bas du lit et fit jaillir le feu d'une allumette. Le spectacle qui s'offrit à sa vue faillit la faire tomber à la renverse. Le ventre de Laripète atteignait presque le ciel du lit et ses bras avaient pris un tel boudinement qu'ils flottaient au-dessus des draps comme des montgolfières à leur départ.

— Mon ami! mon ami! s'écria-t-elle avec angoisse, es-tu donc mort?

— Qu'est-ce que tu as à me réveiller comme ça, ma chérie? lui répondit une voix très douce qui se perdait dans les rideaux.

— Ah! Dieu soit loué, Onésime! Tu es vivant? Mais qu'as-tu donc mangé dans la montagne?

— Je ne sais plus... Mais quel beau rêve tu as fait enfuir! Je renouvelais avec un plein succès les expériences du docteur Sylvester.

Et le commandant ne mentait pas. L'esprit très préoccupé de ses essais de la journée, n'avait-il pas repris automatiquement, en rêve, les mouvements d'aspiration et de refoulement dans sa blessure, dernièrement ouverte, qu'il avait tentés volontairement pendant de longues heures! Ses ouvertures naturelles étaient-elles mieux fermées? Le fait est que ce qu'il n'avait pu réaliser dans l'eau, il venait de l'obtenir merveilleusement dans le lit de sa femme.

— Le diable vous emporte avec vos inventions! hurla celle-ci changeant subitement de ton.

Attiré par le bruit, l'amiral entra en bannière et en bonnet de coton, puis se laissa tomber sur un canapé, où il faillit étouffer de rire, la méchante bête.

Cependant, le commandant commençait à se trouver mal à son aise. Tendue à l'excès, sa peau se craquelait comme une faïence; ses doigts me-

naçaient d'éclater comme des fusées ; l'effiloche-
ment des courtines du lit lui chatouillait affreusement le nez. On dut aller chercher l'excellent docteur Trousse-Cadet qui lui fit une seconde incision symétrique de la première, mais non plus
entre les molaires, celle-là ; car les gens bien
élevés n'en ont jamais de ce côté, ni les autres
non plus. Ce fut pendant trois heures comme un
mugissement d'orgue dans une cathédrale ; et l'aurore, en passant son joli museau rose entre les
persiennes de l'Orient tout inondées de l'or de
sa chevelure, put voir le commandant bien dé-
gonflé, mais encore plus comparable à un muid
qu'à un homme.

PARTIE CARRÉE

Qu'un ami véritable est une douce chose !

Ainsi eussent pu chanter à l'unisson M. Minot et M. Corbal, dont l'intimité légendaire faisait l'admiration de tout un chef-lieu d'arrondissement. Jamais un nuage au ciel de cette longue affection qui avait eu pour berceau le toit studieux de l'école. Ils avaient grandi sans se quitter, mettant en commun toutes choses. Quand tous deux se marièrent, ce ne fut entre eux qu'une communauté de plus. Sans s'entendre, honnêtement, avec toute la discrétion que prescrit une éducation irréprochable, ils se firent cocus sans que la paix de leurs ménages en fût un seul instant altérée.

Mais ici, nous allons retrouver le cœur humain dans un de ses illogismes les plus farouches. Minot trouvait fort simple de tromper Corbal, mais

eût été exaspéré d'apprendre que celui-ci lui rendait la pareille. De son côté, Corbal jugeait équi-
table et seyant de coucher avec Mᵐᵉ Minot, mais
n'eût accepté à aucun prix que ce fût à titre d'é-
change. Ainsi chacun d'eux sauvait sa dignité personnelle en comptant sur l'impunité et en repous-
sant toute idée de représailles. La plus pure morale le voulait ainsi.

Cependant, les bonheurs les plus légitimes ont
un terme comme les plus coupables. Il est certain
qu'un jour ou l'autre, Corbal ou Minot serait in-
formé de la trahison de son ami... Il y a toujours
des personnes, dans le monde, pour rendre cette
sorte de service qui ne se devrait jamais payer que
d'un soufflet. Je veux ignorer toujours le nom du
drôle qui s'en vint annoncer à Corbal son déshonneur. Celui-ci voulut douter. Une telle infamie se
pouvait-elle concevoir? Minot, son vieux compagnon de jeunesse, son *alter ego*, son frère, abuser
à ce point des liens les plus sacrés ! Ah ! il aurait
pu soupçonner tout le monde... Mais Minot ! Cependant, convaincu par d'irréfutables preuves, il
pria le complaisant qui l'avait si obligeamment
éclairé de ne pas ébruiter la chose et résolut d'em-
ployer, pour surprendre en flagrant délit les misérables, le procédé qui n'a jamais manqué de réussir.

Le soir même, à table, il annonçait qu'une
affaire pressante le forçait de partir dès le lendemain, et qu'il serait absent au moins deux jours.
Minot et Mme Corbal échangèrent un regard qui
eût dû suffire à dissiper ses derniers doutes.
Mme Minot, il est vrai, en laissa tomber un sur
lui, si chargé de mélancolie douloureuse, qu'il en
aurait dû être consolé.

*
* *

Le lendemain, à neuf heures du soir. Nous
sommes chez M. Corbal absent depuis le commencement du jour. Cette canaille de Minot a prétexté chez lui une séance extraordinaire du conseil municipal, dont il faisait partie. Il est là, chez
son ami déshonoré, et dans une tenue ! Le lit
grand ouvert tend, avec je ne sais quel abandon,
ses blancheurs engageantes ; un feu clair qui met
des reflets rouges aux meubles, des reflets en serpents, pétille dans la cheminée. Et, devant le feu,
une table est servie, avec deux couverts ; et quel
menu ! La langouste traditionnelle et le faisan
truffé, accroupi sur son plat, entre deux bouteilles
poudreuses. J'oubliais un dessert assorti, les derniers raisins de l'année s'égrenant dans une cor-
beille.

— Pan ! pan !

— Ah ! mon Dieu ! s'écria Mme Corbal en ra-
justant son fichu sur sa jolie gorge haletante.

— Pan ! pan ! Ouvre donc ! c'est moi !

Elle devint pâle comme une morte, en murmurant : Mon mari !

Minot, courageux comme un loir, avait déjà
rassemblé ses frusques, et, escaladant une chaise,
s'était blotti, comme il avait pu, au-dessus d'une
armoire, les jambes recroquevillées, les épaules
écrasées par le plafond, dans une posture rappe-
lant les crapaudines les plus farouches. Et ce qu'il
tremblait là-haut ! Ses dents claquaient, et ses
cheveux crépitaient en se dressant.

Mme Corbal avait fini par ouvrir ; d'un coup
d'œil circulaire son mari avait découvert déjà la
retraite de Minot. Mais il avait résolu de feindre.
Car, après avoir embrassé sa femme avec des tendresses infinies :

— Ah ! ah ! fit-il en riant, tu comptais souper,
pour te consoler de ne m'avoir pas là. Peste, ma
chère ! Eh ! quel bel appétit tu te sentais ! Tu
aurais mangé tout cela toute seule !

— Eh bien, non ! mon ami ! fit Mme Corbal en
l'entourant de ses beaux bras blancs, tu vas te
moquer de moi..., mais mes pressentiments ne me
trompent jamais. J'avais deviné que tu reviendrais !

— Cher ange ! En effet, j'ai eu terminé plus tôt
que je ne l'espérais ! La belle volaille et la magnifique mayonnaise ! Dis donc, si nous invitions
Minot et sa femme à venir en prendre leur part ?

— Monsieur Minot... ? murmura lentement
Mᵐᵉ Corbal interdite.

— Mais, oui, mon bon Minot ; il adore justement la langouste et le faisan.

— C'est que...

— Ah ! tu sais, j'aime Minot comme un frère et
je sais qu'il me le rend. Tu me désobligerais en ne
partageant pas ma tendresse pour lui... T'aurait-il
fait quelque chose... ?

— J'y vais ! j'y vais ! mon ami ! fit Mᵐᵉ Corbal
que le tour de la conversation commençait à
gêner.

Et, s'habillant à la hâte, elle sortit, tandis que
le malheureux Minot, toujours sur son armoire, se
demandait comment tout cela finirait.

*
* *

A peine fut-elle partie que, de l'air le plus naturel du monde, Corbal se mit à son aise... et de
toutes les façons. Car il fit au pauvre Minot vers
qui montaient tous les bruits et tous les effluves
de la chambre, une musique mêlée de parfums.

Celui-ci eut grand'peine à ne pas éternuer, ce qui aurait prodigieusement gâté les choses. Enfin Mᵐᵉ Corbal rentra accompagnée de Mᵐᵉ Minot, qui semblait rayonnante de revoir son amant plus tôt qu'elle ne l'avait espéré ; elle était d'un rose, d'un ému, d'un ravi adorables !

— Et Minot ? demanda Corbal.

— Mon mari est au conseil municipal, répondit la compagne de Mᵐᵉ Corbal.

— En voilà une idée ! continua Corbal. Enfin, nous lui mettrons sa part de côté, tout ce qu'il préfère, les grosses antennes de la langouste et le croupion du faisan. Au conseil municipal ! je suis sûr qu'il s'y ennuie horriblement. Je le vois d'ici.

Sur son perchoir, Minot fit une horrible grimace.

— Allons ! Allons ! mes enfants, nous boirons à sa santé ! Qu'est-ce que ce vin-là ? du simple Mâcon ! Ce n'est pas assez bon pour boire à la santé de Minot. Tu vas descendre à la cave, ma chérie, et nous remonter deux bouteilles de vieux pomard. Mais, auparavant, tu iras acheter du champagne. Je veux qu'on fête dignement la joie de mon retour.

Plus inquiète que jamais de l'issue de tout cela, pleine d'angoisse et aussi de la docilité qu'inspire la nécessité de s'en remettre au hasard, courbée sous la fatalité comme une héroïne tragique, Mme Corbal remit son mantelet et son chapeau et sortit.

Elle n'était pas derrière la porte que Mme Minot tombait dans les bras de Corbal en soupirant : — Ah! mon ami, que tu es gentil d'être revenu !

Du haut de son armoire, Minot n'en croyait ni ses oreilles ni ses yeux. Muet, apoplectique, furieux, il se débattait, immobile, contre une impression de cauchemar.

**

Implacable dans sa vengeance, cet enragé de Corbal. Ne se doutant guère de la présence de son mari, lequel n'éprouvait d'ailleurs aucune envie de la révéler, Mme Minot donnait, en conscience, la réplique à son amant qui n'avait jamais été plus impétueux ni mieux épris. Un bruit de baisers fous montait aux oreilles de Minot, et les grosses flambées de pourpre qui couraient dans la cheminée lui montraient des choses !... Ah ! parbleu ! je vous les décrirais bien, si je n'avais peur des magistrats de mon pays, lesquels ne badinent pas avec l'Amour, comme on dit sur les affiches de la Comédie-Française. Elle était fort belle, Mme Minot, avec sa chevelure rouillée de tons fauves comme un paysage d'automne, ses yeux bleus tout pailletés d'étoiles comme un ciel d'été, les matités exquises de son teint où semblaient répandues des coulées d'ambre. Fort agréablement tournée avec cela, comme disaient nos ancêtres des couplets de salon, ni outrageusement dodue ni dénuée de fondement, pour parler comme l'Académie. Une créature adorable, au demeurant, et dont l'âme avenante rayonnait dans la blancheur souriante de ses dents. Ne plaignez donc pas Corbal de la revanche qu'il prit au nez de Minot indigné, mort de colère étouffée, crevant de rage contenue et impuissante.

Le sort ne lui épargna aucune des cruautés dont les représailles étaient chargées. Le rancunier Corbal lui fit distiller les venins les plus amers de la jalousie la mieux justifiée. Et, dans les mots eux-mêmes qui servaient d'entr'actes aux caresses, il prenait grand soin de lui apprendre que sa honte durait depuis longtemps et que, vraisemblablement, elle durerait toujours.

Enfin, Mme Corbal, en rentrant, mit fin à son supplice.

— Il ne fallait pas tant te presser, mon amour ! lui dit affectueusement son mari. Je n'aurais voulu, pour rien au monde, que tu prisses un

chaud et froid. A table maintenant, chère madame! C'est l'aile, n'est-ce pas, que vous pré-
férez?

Tous trois étaient assis autour de la langouste
et du faisan, et les assiettes étaient déjà tendues
quand, soudain, la physionomie un peu fiévreuse
jusque-là de Corbal s'éclaira d'un rayon d'ineffable bonté et d'indicible bonhomie. Il jugeait sans
doute, en lui-même, qu'il n'avait plus rien à reprocher à Minot, car, se tournant tout à coup vers
la cachette de celui-ci et l'apostrophant en face :

— Allons, grand serin, descends donc! lui dit-il
avec infiniment d'affection dans la voix. Si tu savais comme tu as l'air bête là-haut !

CONTE PERSAN

C'était une adorable femme que la princesse
Mirza, et bien faite pour concilier à son royal
époux la soumission et la tendresse d'un peuple
toujours demeuré fidèle, à travers les âges, au
culte de la Beauté. Être l'esclave d'une souveraine
dont le seul aspect fait ployer d'eux-mêmes les
genoux et courbe les fronts sous une admiration
muette, dont un regard vous ferait courir à la
mort, dont un sourire rendrait doux les plus
cruels supplices, est un sort enviable après tout,
et très préférable aux fausses virilités républicai-
nes. La tyrannie, qui a toujours été le rêve des
gouvernements, au point de vue du développe-
ment des arts, n'a jamais eu, au fond, contre
elle, que d'avoir été exercée par des hommes.
Aucun plaisir à suivre les caprices de ceux-ci,

9

surtout lorsqu'ils ressemblaient à ceux de Denys le Syracusain ou de Tibère. Mais obéir aux imaginations même farouches d'une despote portant au front, dans le ruissellement de sa chevelure et sous l'or du diadème, l'invincible sceau de la Beauté toute-puissante, ne saurait déplaire qu'à de misérables insurgés contre la seule loi divine de la nature, celle qui nous prosterne aux pieds d'un Idéal sans merci.

Dans tous les cas, c'est une circonstance atténuante pour un roi de partager son trône avec une reine revêtue de ce noble signe. Il éclatait d'un bout à l'autre de la personne de la princesse Mirza et était écrit dans le moindre de ses traits. Tout disait la race élue dans cet être à la fois imposant et exquis ; dans la pureté des lignes de son front étroit d'où jaillissait, comme d'un roc d'ambre, une toison dont le noir profond avait les reflets de lapis d'un ciel nocturne ; dans la rigidité amincie de son nez, où palpitaient, comme les ailes d'un papillon, deux petites narines roses, oui, d'un papillon qui aurait pris sa bouche mignonne et légèrement charnue pour la plus belle rose d'un jardin ; comme ceux des fauves, ses yeux n'étaient guère qu'une prunelle pailletée d'or et roulant une constellation en miniature sous le nuage velouté des cils ; son teint avait la

matité argentée des pétales de lis quand les premiers baisers du soleil ont bu dans le calice de
ceux-ci les derniers pleurs du matin. Son corps,
aux harmonies caressantes, avait les noncha-
lances voluptueuses qui attirent et agenouillent ensuite dans l'indicible trouble d'un respect bientôt
vaincu. Le mot charme semblait avoir été inventé
pour elle. Une grande bonté rayonnait dans cette
splendeur, une bonté douce, et qui semblait faire
les premiers pas vers les malheureux.

* *

Tout en appréciant sa femme à sa juste valeur
et en professant pour elle une tendresse mêlée
d'une estime profonde, Yekouf, le mari de la
princesse, était plus occupé des affaires de l'État
que de savourer ses félicités domestiques. C'était
un roi convaincu que les hommes ont besoin
d'être gouvernés, comme si leurs passions n'y
suffisaient pas, et qui se croyait la mission ridicule de maintenir dans son peuple un tas de tra-
ditions dont celui-ci se serait parfaitement passé.
Il voulait que justice fût rendue, qu'on encoura-
geât la vertu par des récompenses qui lui ôtent
tout son prix, qu'on assurât le fonctionnement des
administrations et des académies, qu'une partie de

l'impôt rentrât dans les coffres de l'Etat, qu'il y
eût un budget... que sais-je? toutes les billevesées
dont on nous assomme dans les sphères dirigeantes
où tous les incapables de production personnelle
se donnent rendez-vous pour réglementer la production d'autrui; car, je vous le dis en vérité,
lesdites sphères sont comme un grenier où
s'accrochent, dans tous les pays, les fruits secs
ayant conscience d'eux-mêmes; comme un conservatoire des nullités bruyantes où tous les cer-
veaux gonflés de vent se réunissent pour faire leur
musique; comme une échelle où les ambitions se
croisent dans le vide, montant et descendant toujours sur le même chemin.

Il était intérieurement tapissé de bonnes intentions, ce roi Yekouf, et croyait naïvement qu'il
pouvait faire quelque chose au bonheur des masses
que son père lui avait confiées en mourant, et
ainsi, en remontant l'arbre sacré de sa généalogie
jusqu'au premier drôle qui avait imaginé de s'in-
stituer, à grands coups de trique, souverain légitime du pays. Grand ami du progrès, il était
toujours fort préoccupé de ce qui se passait en Europe et faisait venir coûteusement des savants
français, anglais et allemands, pour l'initier aux
beautés des découvertes nouvelles. Les savants
anglais et allemands en profitaient pour planter

au bout de leur canne un mouchoir aux couleurs
de leur pays, dans tous les coins où la culture indigène leur semblait insuffisante. Les savants
français faisaient, pendant ce temps-là, des mémoires platoniques sur les richesses du pays. Le
bon et sage Yekouf les traitait tous avec la même
faveur, leur permettant toutes sortes de familiari-
tés et leur demandant une grande franchise dans
leurs discours. Car il avait la volonté sincère, ce
monarque sans précédent dans l'histoire, de
s'éclairer sur toutes choses.

*
* *

Or ce jour-là il travaillait avec le docteur français Mirapoil, un aimable sceptique qui, ayant
mangé au jeu le meilleur de son patrimoine,
avait quitté le boulevard et s'était fait donner une
mission à l'étranger. Homme vraiment instruit,
d'ailleurs, authentiquement agrégé de la Faculté,
aimable et bon vivant, et qui s'était rendu justice
en se croyant incapable des platitudes nécessai-
res à ceux qui veulent, en France, atteindre les
sommets. De son amour du jeu, où tout est réglé
par la mystérieuse loi du nombre, il avait gardé
une tendresse particulière pour la statistique et,
comme les bonnes gens qui font, seuls, sur un

coin de leurs tables désœuvrées, des patiences
compliquées, il consacrait volontiers ses loisirs
à aligner des chiffres classant, par nature, des
êtres et des choses. Le roi Yekouf avait pris également goût à cette occupation, et ce leur était,
à tous deux, une joie innocente de composer ensemble des tableaux utiles et synoptiques, où le
premier venu pouvait apprendre, d'un coup d'œil,
le nombre de pêcheurs à la ligne de l'empire
persan, ou encore le nombre de puces par habi-
tant pendant chaque mois de l'année, renseignements sans lesquels un homme vraiment instruit
ne saurait vivre.

— Si nous relevions aujourd'hui le nombre
d'imbéciles actuellement en fonctions dans vos
États? demanda, à brûle-pourpoint, le docteur
Mirapoil à son royal collaborateur.

L'idée sourit infiniment au roi Yekouf.

— C'est que l'énumération en sera longue et
difficile, objecta-t-il cependant.

— Nous les classerons par nature de sottise en
commençant par ceux de la cour, poursuivit notre
compatriote. Des inspecteurs spéciaux seront ensuite envoyés en mission, pour faire les relevés
provinciaux.

Et tous les deux, ayant étendu chacun devant
soi une grande feuille de papier blanc, commen-

cèrent par tracer des lignes pour les subdivisions
prévues.

*
* *

Ils opérèrent avec une méthode parfaite, pa-
rallèlement, contradictoirement, comme il convient dans les opérations délicates. Plusieurs
variétés d'imbéciles se définirent d'elles-mêmes et
sans la moindre difficulté. C'est ainsi qu'un compte
fut immédiatement ouvert aux vaniteux qui tiennent pour quelque chose les titres et les rubans;
aux écrivains qui prennent leurs succès d'argent
pour des triomphes artistiques ; aux naïfs qui se
donnent grand mal pour arriver à de hautes fonctions qu'un peu d'intrigue leur assurerait plus
vite ; aux amants qui s'imaginent que c'est avec de
l'argent qu'ils se feront aimer de leurs maîtresses ;
aux avares qui se privent pour d'ingrats neveux ;
aux innocents qui ne se sauvent pas quand ils sont
accusés de quelque crime ; aux politiciens honnêtes, aux gogos de la finance, à tous les gens,
d'ailleurs, souvent honorés de la foule, dont le
crétinisme saute néanmoins aux yeux.

Restait à donner un ordre à ces catégories, en
les étageant par importance relative, ce qui sou-
lève bien quelques difficultés. Car il manque à la

bêtise humaine une mesure, un appareil en déter-
minant l'intensité, comme font, en mécanique, les
dynamomètres. Après quelques divergences dans
les appréciations, nos deux piocheurs arrivèrent
cependant à un accord.

Mais ce n'était pas tout. Il fallait encore, à cette
respectable théorie, un chef de file. Il fallait un
souverain à ce royaume de l'ineptie. Proclamer le
plus grand imbécile du royaume pour inscrire son
nom en tête de la liste d'honneur : telle était la
question.

— Moi, j'opine pour mon premier ministre, Togrul, fit le roi Yekouf.

— Et pourquoi, sire ?

— Mais tout simplement parce qu'il est devenu
premier ministre.

— C'est une raison ; mais peut-être, sire, trou-
verons-nous mieux.

Et, après un moment de méditation que rythma
un petit mouvement des doigts jouant sur la table :

— Que fait en ce moment la princesse Mirza,
sire, durant que nous statistiquons ensemble ? demanda négligemment le docteur Mirapoil.

— Mais, je l'ai confiée à ce bon Togrul, comme
tous les jours, aux heures où je m'occupe des choses
de l'État.

— En ce cas, sire, n allons pas plus loin.

Et, en riant, le docteur inscrivit le nom de Yekouf à la place demeurée vide au sommet du tableau.

— Par exemple, s'écria le roi. Mais vous ne connaissez donc pas Togrul ! Togrul ! un modèle d'honneur ! la probité faite homme ! Mon plus sûr et mon meilleur ami ! Soupçonner Togrul d'abuser d'un pareil dépôt ! Le croire susceptible d'attenter à la vertu de la princesse ma femme !

— C'est différent, répondit tranquillement Mira-poil. Vous jureriez alors, sans hésiter, sur ce que vous avez de plus sacré au monde, que ce vertueux Togrul est incapable...

— Sur le nom sacré de mes aïeux. Sur ma cou-ronne aux aigrettes de diamants ! Sur le salut de ma postérité, je le jure.

— Je vous crois, sire, conclut le docteur, et vous avez raison.

Et, rayant d'un trait le nom de Yekouf, qu'il venait d'écrire, il le remplaça par celui de : Togrul.

A-PROPOS

O doux et benoît lecteur, ami inconnu que je salue, si tu n'as pas encore compris que le vrai but des menus contes, éparpillés par moi dans ce livre, est de prémunir ton innocence contre les coups obscurs de la destinée, tu ne rends vraiment pas justice à la philanthropie de mes intentions et me refuses le titre glorieux de moraliste, le seul auquel j'attache quelque prix. Que si je t'ai montré des maris souvent trompés, c'est autant pour t'apprendre à l'être, à ton tour, sans amertume, que pour te donner les moyens d'échapper au commun sort. Je ne t'ai prêché l'amour des beautés dodues que pour ce que j'ai remarqué qu'elles étaient de naturel plus cordial que les autres et d'un commerce — ce mot horrible n'est pas de moi, mais de nos pères — plus avenant. Ne t'ai-je pas enseigné tou-

jours le mépris des richesses, lesquelles ne valent
pas qu'on les nomme, près de la douceur des baisers, et cela pour te consoler d'être pauvre ou te
louer d'être amoureux ? Ainsi n'ai-je qu'un souci,
ô doux et benoît lecteur, depuis que je tiens la
plume : te signaler les écueils du grand voyage
que nous faisons ensemble sur une mer pleine de
récifs cachés, sous la menace incessante des tem-
pêtes. Je fus pour toi comme un bon pilote qui,
de loin et de haut, consulte l'horizon avant d'ouvrir devant la poupe écumeuse la route où tu sui-
vras son savant caprice. M'en es-tu reconnaissant ?
Je l'ignore et peu me chaut de le savoir. D'ailleurs,
si tu as une belle maîtresse, tu goûterais peut-être
peu la preuve que je te demanderais de ta recon-
naissance. Ceci n'est donc pas pour stimuler ton
ingratitude naturelle par le souvenir inopportun
de mes innombrables bienfaits. Je ne veux que t'a-
vertir que je poursuis mon œuvre de bien en te
mettant en garde, par cette histoire nouvelle et
non moins véridique que les autres, contre les dan-
gers du grand acte de citoyen que tu vas accom-
plir en votant. Non que je te veuille, au moins, dé-
tourner d'aller porter aux urnes législatives l'expression de tes sentiments les plus distingués et
concourir, pour ta part, à l'élection de la Chambre
magnifique que nous promet toujours l'unanimité

touchanté des vœux du pays. C'est ton devoir,
compère, d'être pour quelque chose dans cette glorieuse besogne, dans ce patriotique travail! Vote,
mon ami ! Vote, mais écoute ! Vote des deux mains,
vote à tour de bras, vote à manches rabattues,
mais, pour Dieu, ne tombe pas dans l'erreur du
misérable Pécouli aux dernières et misérables
assises du suffrage universel.

*
* *

Et d'abord évite d'imiter Pécouli en faisant cocu
ton maire. *Principiis obsta,* comme disait la sagesse latine. Ce n'est pas agir pour la plus grande
gloire du mariage. fondement de la famille dans
notre moderne société, laquelle, au contraire de
Janus qui avait plusieurs visages, a d'ailleurs plusieurs fondements ; ce n'est pas, dis-je, honorer
comme il convient cette institution tutélaire que
de la bafouer dans la personne de son représen-
tant officiel. Cet homme, à la sous-ventrière trico-
lore, qui prescrit journellement aux époux, en
lisant un livre crasseux, les devoirs sacrés de la
fidélité réciproque, n'est pas fait pour être montré
au doigt comme mari d'une femme notoirement in-
fidèle. Adressez-vous aux avocats et aux avoués,
voire même aux magistrats qui défont aujourd'hui

les mariages comme on dénoue un mouchoir. Ce
sera pain bénit pour ces personnes de robe et d'une
logique irréprochable. Mais laissez monsieur le
maire tranquille... Qu'il reste seul, comme dans la
Favorite... mais avec son honneur. Oui, je le blâme,
ce Pécouli, d'autant qu'il avait lui-même une
femme exquise, une bonne ménagère, soigneuse des
moindres détails, faisant bien la gelée de coings,
digne, en un mot, de tous les respects et de toutes
les attentions, dont la moindre est de n'aller pas
coucher avec un autre. Ce maire, il est vrai, s'appelait Cornesec. Mais faut-il croire à la fatalité des
noms? Moi, je conviens que je m'y laisse souvent
prendre. Ainsi un ancien Parlement (consulter les
annuaires) possédait un membre nommé M. Peu-
levey. Je ne l'ai jamais vu de ma vie et crois même
me rappeler qu'il est mort. Mais je n'ai jamais pu
en entendre parler sans me représenter un homme
si morose, que les femmes légères, elles-mêmes,
refusaient de s'occuper de lui et n'y faisaient aucune attention. C'est stupide, n'est-ce pas? On peut
très bien s'appeler Cornesec et ne porter sous son
chapeau que les rondeurs impeccables d'une bille
de billard. Mais cela est plus difficile quand la
femme qu'on a est aussi appétissante que l'était
Aurélie. C'est maintenant comme si vous aviez assisté au baptême de Mme Cornesec. Vous auriez

peut-être préféré assister à son petit lever? Eh bien,
apprenez donc qu'elle tirait, chaque matin, du lit,
un lot considérable de charmes tout parfumés de
santé et de jeunesse. Je n'insiste pas, parce que
vous excuseriez cet animal de Pécouli et le félici-
teriez au besoin. Hein! comme je te connais, gros
immoral, mon frère!

*
* *

C'était la veille des élections et il y avait grande
rumeur dans la petite ville. Car le radical Letrou,
dégraisseur de son état, y comptait de furieux partisans, et le réactionnaire Dufessier, propriétaire
viticulteur, possédait d'enthousiastes mandataires.
Dufessier, Letrou — Letrou, Dufessier, voilà qui
vous est bien égal aujourd'hui et à moi aussi. Où
diable vais-je fourrer mon nez et le tien, camarade?

Au détour de la rue du Mort-qui-Regimbe, le
bancal Tortillard, commissionnaire et mercure galant de la localité, sournoisement tira de dessous
sa blouse un petit papier carré et le glissa dans la
main de Pécouli. En faisant semblant de remettre
en ordre les glands de cuir de son parapluie, Pécouli put lire ces mots : « Mon amour, cet imbécile
de Cornesec sera pris toute la journée à la mairie
demain; je t'attends à trois heures. Ah! quels bai-

sers! Ton Aurélie pour la vie. » Bon, M^mo Pécouli
qui débouche par la rue des Capucins-Verts, où elle
a été acheter du coton à repriser! Son mari n'a
que le temps de reployer le poulet et de l'enfouir
dans la poche de sa culotte. — Quel bonheur, ma
chérie, de te rencontrer! — C'est un bon vent, mon
trésor, qui m'a poussée dans cette voie! L'hypocrite prend le bras de madame et tous deux ren-
trent en se disant des douceurs, comme font les
petites perruches qui se mettent à deux pour gri-
gnoter, bec à bec, le même morceau de sucrerie.
Pouah! Le soir, retour aux assemblées prépara-
toires; — manœuvres de la dernière heure; — infamies de détail; — domino et punch gigantesque
au café de l'Homme-Armé. Je mentirais comme un
candidat si je vous célais davantage que Pécouli
était formidablement gris en réintégrant définitive-
ment le domicile conjugal. Tout ce qu'il avait entendu lui trottait dans le cerveau. Voterait-il pour
le dégraisseur Letrou ou pour le propriétaire viti-
cole Dufessier? Tous deux promettaient le bonheur du pays et le cas était vraiment difficile. Letrou avait bien insinué que Dufessier était légèrement faussaire et Dufessier ne s'était pas gêné
pour avertir les électeurs que Letrou aimait les
petits garçons. Ce sont, entre concurrents politiques, simples aménités sans conséquence et qui

ne peuvent que rehausser l'éclat de nos mœurs parlementaires. Citoyen dans l'âme, Pécouli finit par se jouer à lui-même les deux noms au zanzibar. Ce fut Dufessier qui sortit et, rédigeant tout de suite son bulletin de vote, Pécouli inscrivit ce dernier sur la feuille. Après quoi, trouvant, sur son lit, son pantalon des dimanches que sa femme avait préparé pour la solennité du lendemain, il y glissa l'expression de sa pensée patriotique et s'endormit du sommeil d'un juste qui a peut-être bu plus que de raison.

*
* *

Il eut grand'peine à se lever le lendemain et, légèrement molesté par sa femme qui n'aimait pas les ivrognes, pour ce que Bacchus n'est pas si grand ami de Vénus que le prétend un vers latin célèbre — tradition que le Caveau eut tort de conserver en célébrant toujours, de concert, le vin et les amours — il s'en fut bien vite à la mairie où M. Cornesec, digne et serein comme un pélican sans enfants, lui fit un accueil particulièrement flatteur. Si tu savais que je vote pour le suppôt des rois! pensa Pécouli. Et ce fut avec un sourire malin qu'il glissa le bulletin dans ce que nous appellerons, si vous le voulez, comme dans le *Can-*

tique des Cantiques, « le vase d'élection », uniquement pour le distinguer de ceux qui ne servent pas à élire et ne sont destinés qu'aux usages domestiques.

Après quoi, il se frappa le front et se dit toujours *in petto :* Sapristi ! N'avait-il pas oublié, dans son pantalon de la veille, le billet doux de Madame la Mairesse ! Et sa femme qui avait la manie de brosser elle-même ses vêtements ! Arriverait-il à temps ! Il grimpa, comme un chat, à la chambre. Ah ! Dieu soit loué ! la culotte était encore là... Il fouilla fiévreusement dans sa poche... bon ! le billet y était toujours. Il le tira vivement et voulut relire, une fois encore, l'écriture bien-aimée avant de l'anéantir... Une sueur pâle lui baigna le visage. Sur la feuille blanche un seul mot était écrit : Dufessier ! Il regarda, de plus près, l'étui ordinaire de ses chausses naturelles. Plus de doute ! il avait remis le matin, dans son empressement endiablé sous les reproches de sa femme, le pantalon de la veille. Mais alors, en dépouillant le scrutin, M. le Maire allait retrouver la lettre de sa femme. C'est celle-ci — la lettre, madame Cornesec était trop grosse — qu'il avait déposée cérémonieusement dans l'urne !

Ah ! c'était à devenir fou !

Il retourna machinalement à la mairie ; et comme

10

mû par une force insensible. Cornesec officiait
toujours, majestueusement, tranquillement, comme
un pélican veuf qui est maintenant sûr de ne plus
avoir de postérité. Car ça embête diablement ces
pauvres volatilles de se crever le gésier pour
nourrir leur famille quand les hommes, plus sages,
se contentent de crever le gésier des autres... Mais
quand l'heure sonne, l'heure de la clôture du vote,
épouvanté, il s'enfuit du temple municipal comme
un malfaiteur qui fuit la divine justice à l'instar
du criminel de Prud'hon. Il reçut, en sortant, — et
ce lui fut une diversion heureuse dans les idées,
— un grand coup de pied au derrière que l'éminent Dufessier destinait au postérieur de l'intègre
Letrou.

Pécouli bénit la Providence qui ne l'abandonnait
pas.

*
* *

Ah! le billet de Mme Cornesec, lu à haute voix
par un des assesseurs, fit beaucoup rire. Mais
Cornesec était de tempérament opportuniste. Il
crut à une bonne farce et rit plus fort que tout le
monde. Pourtant Pécouli n'était pas sauvé pour
cela. N'eut-il pas la malechance d'oublier le bulletin de Dufessier dans son pantalon des diman-

ches? Ayant fait la maladresse de verser une lam-
pée d'huile dessus, Mme Pécouli l'envoya tout
naturellement, six mois après, chez le dégraisseur
Letrou, qui n'avait pas été nommé, et qui y trouva
la preuve de la propagande que Pécouli avait faite
à son heureux rival; et, rancuneux comme un
mulet, ne rendit-il pas au pauvre Pécouli le coup
de pied que Dufessier avait failli lui donner et que
celui-ci avait déjà reçu! C'est ce qui s'appelle payer
deux fois.

O doux et benoît lecteur, ami inconnu dont je
prends congé, ne te trompe donc pas quand tu vo-
teras!

LE TROISIÈME LARRON

Maître Trinquebal, du barreau toulousain, venait d'achever son vingt-deuxième bock au café Albrighi, lequel est le Tortoni de là-bas, et marchait pesamment, bien qu'il ne roulât dans sa tête que des fumées. N'en déplaise aux calomniateurs qui ont fait de Gambrinus l'ennemi d'Aphrodite, Maître Trinquebal rêvait aux voluptés obscures d'une rencontre féminine. Mais, sur la place Lafayette où les premières feuilles mortes sonnaient, sous les souffles noctures, un innombrable bruit de grelots, les couples le frôlaient, amants et maîtresses, pressés l'un contre l'autre dans ce frisson d'automne qui est une joie aux fervents amoureux. Car il prélude aux nuits bien longues où la flamme mourante du foyer empourpre les caresses nues, dans les chambres tièdes, où l'aube glisse à peine

une poussière d'argent entre les rideaux lourds.
Non! pas une promeneuse isolée à qui débiter un
de ces madrigaux à tir rapide qui sont le fait des
galants d'aujourd'hui, moins langoureux que ceux
d'autrefois. Aussi, méditant sur l'ennui qui décida
Adam, dans une situation pareille, à sacrifier une
de ses côtelettes pour la société d'Ève, sentant,
comme notre premier père, la solitude lui peser
au flanc, Maître Trinquebal avait regagné la place
du Capitole, croisé, çà et là, par les groupes de
chanteurs endiablés qui font, à toute heure, les
bords de la Garonne pareils à une volière d'où les
trilles s'envolent. Peut-être allait-il se résoudre à
s'aller coucher, bien qu'il ne fût guère plus de
minuit, quand, au coin de la rue du Sénéchal,
quelques mots d'une conversation amicale, échan-
gés entre des inconnus, l'arrêtèrent on ne sait
pourquoi... pour obéir à un sentiment de curiosité
assurément coupable s'il n'eût été parfaitement in-
conscient.

C'était le professeur Gribius qui causait avec son
collègue Calpestrou des choses de leur pédago-
gique état. Gribius tenait hautement pour la magnifique traduction de Sophocle de Leconte de Lisle,
et Calpestrou y prétendait relever maint contre-
sens de détail. De là à une théorie générale de la
traduction, laquelle est malaisément littérale et élé-

gante à la fois, il n'y avait qu'un pas que franchirent, sans hésiter, nos deux pédants. Or, sentant s'appesantir à son bras celui de sa femme, personnage muet que cet entretien n'amusait guère, Gribius dit à celle-ci :

— Tu tombes de sommeil, Céleste, et je vois que tu ne t'intéresses guère à ces points vraiment essentiels de l'esthétique scolaire. Prends donc la clef dans ma poche et te va coucher en m'attendant. Seulement, tu auras grand soin de laisser la porte entr'ouverte, celle de la maison d'abord, puis celle de notre appartement.

— Bonsoir, monsieur Calpestrou. A tout à l'heure, mon chéri !

Et la charmante femme ne se le fit pas dire deux fois. Munie de la clef, elle s'éloigna, tandis qu'un bâillement de chatte énervée entr'ouvrit, au clair de la lune, l'écrin aux blancheurs opalines de ses dents.

*
* *

Ainsi arriva-t-elle devant sa demeure sans s'apercevoir qu'elle était suivie. Et cependant Trinquebal n'avait pas quitté ses talons, Trinquebal qui avait tout entendu et qu'avait frappé le détail de la porte entr'ouverte. Ce fut seulement au seuil de la maison que celui-ci la fit tressauter de peur en lui disant comme la chose la plus naturelle du monde :

— Madame, je vous aime, et je vous serais infiniment obligé de me laisser entrer avec vous.

— Impertinent! s'écria madame Gribius, aussitôt remise de son émoi.

— Je ne sais si vous m'avez bien compris, madame; car rien n'est moins offensant que mes intentions à votre endroit. Loin de moi l'idée de vous traiter comme une courtisane, en vous comblant de ridicules cadeaux. Je ne vous demande que quelques instants d'amour, ne fût-ce que pour vous débarbouiller des obscénités latines et grecques que votre mari vient de débiter devant vous.

— Partez, monsieur, ou j'appelle la garde!

Et Mme Gribius, que Trinquebal tenait obstinément par sa robe, faisait d'inutiles efforts pour pénétrer chez elle et lui pousser ensuite la porte au nez. Sans quitter la précieuse étoffe, l'obstiné soupirant se mit à genoux en travers du ruisseau où frissonnèrent mille reflets d'étoiles :

— Eh bien, madame, laissez-moi au moins vous adorer ici, dans le silence de cette nuit magnifique, sous les tranquilles regards des astres! Il est dommage, vraiment, que vous ne soyez pas plus aimante. Car vous avez des yeux exquis, où la colère allume des diamants, et une bouche adorable que

l'indignation retrousse aux coins avec infiniment
de goût. Votre gorge hautaine palpite comme
une mer révoltée, et les rondeurs aimables de
votre...

— Tiens! voilà pour le tien!

Et Trinquebal recevait un énorme coup de pied
dans le derrière. C'était Gribius qui rentrait et lui
exprimait son contentement de le trouver dans
cette posture aux pieds de sa femme.

Il se releva comme si un ressort lui fût poussé
aux reins. Pendant ce temps, Mᵐᵉ Gribius, délivrée
par cette diversion, se précipitait chez elle et refermait l'huis, se tenant derrière pour ouvrir ensuite à son époux.

*
* *

— Vous n'êtes pas parlementaire, monsieur,
fit très honnêtement Trinquebal en se frottant les
fesses.

— Passez votre chemin, misérable, et laissez-
moi rentrer chez moi, fit Gribius.

— Pas avant que je vous aie fait des excuses,
monsieur le professeur. J'ignorais que madame fût
mariée à un membre de l'université.

— C'est bon! c'est bon! Laissez-moi tranquille!

— Sans avoir obtenu mon pardon, jamais!

— Je vous pardonne, mais fichez-moi la paix.

— Ce n'est que le verre en main que deux hommes de cœur se réconcilient. Albrighi est encore ouvert, monsieur ; faites-moi l'honneur d'y venir prendre, à mes frais, une consommation de votre choix.

— Vous moquez-vous de moi ? Je ne bois jamais entre les repas.

— Il y a un commencement à tout. Vous ne trouverez pas non plus, tous les jours, je l'espère, un galant aux pieds de Mᵐᵉ Gribius ? Ce sont des occasions dont il faut savoir profiter pour rompre la monotonie de ses habitudes.

— De grâce, ne me barrez plus le chemin.

— Non ! non ! je m'accrocherais plutôt à vos habits et vous les déchirerais que de vous laisser cette mauvaise impression de moi. Un bock, cher monsieur, rien qu'un bock, pour me prouver que vous ne m'en voulez plus. Nous le boirons à la santé de votre Lucrèce.

Ce souvenir classique frappa l'oreille de M. Gribius. Il comprit d'ailleurs qu'il avait affaire à un ivrogne et qu'il ne s'en dépêtrerait jamais qu'en lui cédant quelque chose. Il faut bien avoir pitié de ces fous de quelques heures qui n'ont souvent voulu qu'endormir un chagrin ! Celui-là avait, au fond, l'air d'un homme de bonne éducation. Et puis, cette discussion avec Calpestrou lui avait horriblement séché le gosier, à lui Gribius. Quel âne bâté que ce Calpestrou! Traducteur de Mme Dacier, va!

— Soit, monsieur ; allons prendre un verre de bière ensemble, et rendez-moi ensuite ma liberté.

— Ah! merci! monsieur, merci!

Et maître Trinquebal serra le professeur dans ses bras jusqu'à l'étouffer.

— Nature expansive et douce! pensa celui-ci. Quel dommage qu'un tel homme se grise si abominablement!

Le café était plein de lumière. Dans un coin et sur la banquette du fond, deux jolies filles qui sortaient du théâtre prenaient une bavaroise. Trinquebal s'alla bouter tout droit devant elles, avec son nouvel ami, et les invita, sans façon, à souper. Elles acceptèrent de même. Gribius, un peu ennuyé d'abord, se dit qu'il serait suprêmement malhonnête de fausser compagnie à deux dames. D'autant que l'une d'elles lui plaisait infiniment. Ils mangèrent des galantines et croquèrent une salade de céleri tatouée de truffes... Il était quatre heures du matin quand ils sortirent, accouplés à leur guise, Gribius étant, à son tour, dans un état que je ne qualifierai pas. Ils s'en allèrent je ne sais où.

* *

Et Mme Gribius? Mon Dieu, quand elle avait entendu se calmer la querelle, elle avait repris courage; puis, quand elle avait compris que son mari,
réconcilié avec l'impertinent, faisait un pas de
conduite à celui-ci, elle avait rentr'ouvert la porte
pour que Gribius pût rentrer et s'était allée coucher tout simplement, laissant également non
fermé l'huis de son appartement.

Mais un témoin mystérieux avait suivi la scène
sans rien perdre : le clerc d'avoué Mirandol, qui
demeurait juste vis-à-vis le professeur et de l'autre
côté de la rue. Or, Mirandol se mourait positivement d'amour pour la belle Mme Gribius sans
jamais avoir osé lui en rien dire. Il ne faisait que
des sottises à son étude et son patron l'avait plusieurs fois surpris à ne voler les clients que de la
moitié de leur dû, ce qui est un taux dérisoire dans
le commerce des avoués. D'autres fois, il omettait
de leur compter tout le papier timbré qu'il n'avait
pas déboursé pour eux. Ah! l'amour nous en fait
faire de belles; les temples crasseux de la Chicane
eux-mêmes ne lui sont pas sacrés. Oui, Mirandol
se consumait dans le désir sans cesse ravivé de
cette femme qu'il voyait de sa fenêtre, image sou-

riante aux vitres ensoleillées, ou ombre mystérieuse esquissant de voluptueux déshabillés dans la
blancheur transparente des rideaux. Que de fois,
dans cette silhouette violemment estompée, il avait
deviné le ruissellement profond de la chevelure
dénouée; le frisson des seins sous la fraîcheur de
la chemise qu'on vient de tirer de l'armoire, tout
imprégnée de parfums moins doux que ceux de la
chair; et le linge abandonné qu'a déchiré le bondissement des hanches et que les pieds foulent sur
le tapis, les petits pieds blancs avec de jolies veines
bleues; et l'alanguissement de tout l'être se ten-
dant vers le repos embaumé des draps grands ouverts...

Il faisait une nuit très belle, pendant que Gribius
et Trinquebal couraient le guilledou, et Mirandol,
les sens encore plus intimement brûlés que de coutume, avait vu ce qui s'était passé. Il vit aussi la
lumière s'éteindre dans la chambre de Mme Gribius
et comprit que tout était obscur dans l'appartement dont la porte était certainement entr'ouverte.

Une bouffée de chaleur tiède perdue dans le vent
d'octobre acheva de le griser et, comme un fou, il
traversa la rue et se rua chez le professeur... Il faisait tout petit jour quand il en sortit, avant que
cet infâme Gribius fût rentré.

*
* *

Huit heures du matin. On frappe chez Gribius.

— Madame Gribius, dit Calpestrou, pardon de vous déranger. Mais je viens chercher Gribius pour aller ensemble au collège.

— Mon mari? mais je me rappelle : il est parti de grand matin. Quelque répétition sans doute à donner en ville. Je dormais quand il est rentré et il n'a pu m'en parler.

Calpestrou, qui était intime dans la maison, entra. Tout en se recroquevillant dans son lit, Mme Gribius avait un beau sourire satisfait sur la bouche. Son air joyeux frappa le pédant.

— Vous paraissez bien contente, ce matin?

— Ah! si vous saviez ce que Gribius!... Non! je ne peux pas vous dire!...

Et la belle créature rougissait en roulant sa tête dans ses cheveux où le souvenir mettait des frissons.

Et bien bas, tout bas, si bas que, Dieu merci! je ne puis vous le répéter, elle conta à Calpestrou que jamais elle n'avait goûté une nuit pareille de légitimes délices. Ça en devenait gênant pour le maître de la jeunesse qui prit congé d'elle en regrettant ses vingt ans.

. . . .

A la sortie des cours, Gribius vint à lui, très défait et comme suppliant :

— Ah ! mon pauvre Calpestrou, il faut que tu me sauves !

— Quoi donc ? quoi donc, monsieur Gribius ?

— J'en ai fait de belles cette nuit !

— Je le sais, débauché. Ta femme m'a tout dit. C'est du propre !

— Ma femme !... Elle sait déjà ?

— Mais il me semble qu'elle a de bonnes raisons pour le savoir.

— Alors, elle est furieuse !

— Furieuse ?... Au contraire, ravie !

— Ravie ! Ravie de ce que je me suis grisé comme une brute, de ce que je ne suis pas rentré chez moi et que je me suis trompé dans les effusions que je devais à ma femme !

Pour le coup, Calpestrou éclata de rire.

— Eh bien, mon ami, tu étais encore plus gris que tu ne le dis et que tu ne le crois ! fit-il quand il se put contenir.

— Et pourquoi ça, s'il te plaît ?

— Parce que c'est chez toi que tu as fait la noce, et que ta femme ne paraît pas s'en plaindre.

Gribius devint vert pomme d'étonnement. Que faire ? Un hasard heureux le tirait d'un embarras inextricable. Calpestrou le ramena chez lui où sa femme l'accabla de caresses en lui reprochant d'être sorti de si grand matin.

Ainsi le bonheur de Mirandol, bonheur furtif et délicieux, n'eut pas de confident. Mais les mauvaises langues du café Albrighi prétendent qu'il eut des lendemains.

RUSTICANA

Oh ! mon Dieu ! vous n'allez pas vous gendarmer peut-être pour un simple badinage dans le goût des contes de nos aïeux ! Je sais bien que le ton de ces contes s'est fort élevé depuis qu'ils tentèrent une audacieuse trouée à travers la vieille gaieté française. Un large éclat de rire fut leur parrain ; il est donc, certes, encore permis d'en rire. Le Théâtre-Français cesse-t-il donc d'être la maison de Molière les soirs où le cortège du *Malade imaginaire* y brandit les enseignes de M. Fleurant? Dans nos lettres françaises, Rabelais marche de pair avec les plus glorieux lyriques. Or donc, en voici déjà beaucoup pour m'excuser de l'incongruité apparente de ce récit.

Je pourrais alléguer d'ailleurs aussi, pour ma défense, la portée morale de cet innocent fabliau.

Elle n'échappera à aucun de ceux qui estiment, comme moi, que la propreté est une vertu, à l'égal de la constance en amitié et de la fidélité en amour. A l'égal, n'est même pas assez. Car tandis qu'un indigne confident ou un amoureux perfide ne lèse qu'une seule personne, un malpropre inflige à une partie de l'humanité le supplice du dégoût. Je verrais donc avec plaisir le nez désœuvré de nos lois plonger dans cet ordre d'idées et des pénalités s'édifier, dans nos codes, contre les gens qui ne se soignent pas assez.

On n'imagine pas volontiers à Paris l'indifférence départementale aux soins les plus vulgaires de la toilette. Je pourrais citer, dans le Midi et dans le Centre, vingt chefs-lieux d'arrondissement où les établissements de bains sont absolument inconnus. Il y a quelque quinze ans — j'étais alors inspecteur des finances — je demandais à mon hôtelier de Mende, en Lozère, où était situé celui de la localité. Il eut, pour moi, un sourire de mépris que je n'oublierai jamais. — En effet, monsieur, me dit-il, autrefois un quidam est venu pour installer ici une boutique d'eau tiède. Mais je vous prie de croire qu'il a fait vite faillite !

Où diable l'orgueil va-t-il se nicher ?

Cette simple question est pour finir mon préambule.

*
* *

C'était une jolie fille que Rosette, la camériste de Mme la comtesse de Lérens.. Une jolie fille pour une suivante, s'entend ! Blanche, fraîche, dodue, accorte, souriante, toutes les grâces de la santé et de la jeunesse. Mais de quelque nom qu'on ennoblisse leur métier et les appelât-on même soubrettes, comme au théâtre, les bonnes ne seront jamais mon fait en amour. Dût cet aveu vous sembler immoral, je leur préfère infiniment les courtisanes. Chacun son métier ! dit un proverbe dont je me garderai bien de citer le reste. Mais pour les vieux polissons, pourris des chansons de Béranger, qui s'attardent dans les antichambres, Rosette eût été ce qu'on appelle, dans le mauvais jargon du vaudeville : un morceau de roi. Baptiste, d'ailleurs, la jugeait ainsi. Qui ça, Baptiste ? le fiancé de Rosette, parbleu ! le valet de ferme qui l'avait connue toute petite et n'avait guère que cinq ou six ans de plus qu'elle. Mme de Lérens, qui était une excellente personne, très pieuse, voyait cette union du meilleur de ses yeux bleus, doux comme ceux des myosotis. Elle comptait doter Rosette et veiller toujours sur le jeune ménage qu'elle garderait à son service. Un honnête garçon, ce Baptiste ! dur au travail, levé dès l'aube, infatigable et sobre, connaissant toutes ses bêtes par leur nom... et puis il aimait tant Rosette !

Hein ! dans quelle société sympathique je vous conduis.

Une seule ombre... moins qu'une ombre, un rien dans ce tableau de bonheur tranquille. Au contact journalier de sa maîtresse, à qui aucune habitude élégante ne faisait défaut, Rosette avait pris des goûts quelque peu raffinés, et aucune des délicatesses de la toilette féminine ne lui était inconnue. Par contre, Baptiste était un brave cœur, mais un franc goret méprisant également l'eau pour tous les usages. Il en aurait volontiers donné cette définition que j'ai cueillie autrefois sur le cahier d'un étudiant en médecine : « EAU, liquide insipide et inodore qui a la propriété de se teindre en noir quand on y trempe les mains. » Comme les chats, il fuyait jusqu'au débarbouillage naturel de la pluie. Et susceptible avec cela ! Les quelques allusions risquées par madame la comtesse ou Rosette aux avantages d'une lessive générale de son individu avaient été écoutées avec une visible mauvaise humeur.

Cependant un jour — les fiançailles ayant eu lieu depuis longtemps déjà — Rosette déclara net qu'elle n'épouserait Baptiste que quand il aurait pris un bain.

A cette nouvelle, celui-ci entra dans une fureur abominable, prétendit qu'on le voulait faire mourir... puis, devant l'inexorable attitude de sa promise, il se tut et promit de se soumettre.

Quelle immortelle source de lâcheté que l'amour !

*　*
*

C'est la veille du mariage et on a été à la ville voisine faire les dernières emplettes. Ville heureuse ! Celle-là possédait un hammam en miniature avec trois baignoires dépareillées et un tuyau d'arrosage pour les hydrothérapistes. Une Babylone balnéaire, quoi ! Baptiste fut conduit en voiture par Mme de Lérens elle-même jusqu'à la porte et chaudement recommandé au patron de l'établissement. Il avait l'air résigné d'un martyr et ses yeux gris de paysan roulaient des inquiétudes énormes. Son dernier regard se leva vers Rosette, assise au derrière du char à bancs, un regard suppliant et passionné qui voulait dire : Tu vois à quel point je t'adore ! Ah ! Léandre n'avait pas fait tant de cérémonie pour descendre aux flancs cœruléens de l'Hellespont !

Quand on vint le rechercher, une heure après,

toujours avec le même cérémonial, madame la comtesse fut tout d'abord atterrée de constater que les mains de Baptiste n'avaient pas changé de couleur : elles portaient encore d'admirables gants de crasse.

— Malheureux, lui dit-elle, vous n'avez donc pas pris votre bain ?

— Je vous demande pardon, madame la comtesse. Je n'ai qu'une parole et j'avais juré.

— Mais vos doigts ?...

— Madame, j'ai lu dans mon bain.

Et Baptiste lança obliquement une œillade à Rosette, une œillade glorieuse qui signifiait : Je ne perds aucune occasion de m'instruire, moi !

Les noces furent superbes et on en parle encore dans le pays. Distribution aux pauvres, service religieux de première classe, cadeau au curé, bal sur la pelouse du château. Rien ne manqua à la solennité de ce jour heureux, ni les propos grivois, qui sont de mise en cette occurrence, ni les indigestions sournoises, ni les chansons bachiques où se célèbrent ces deux ennemis immortels : le vin et l'amour, comme les admirateurs du siècle dernier accouplent Rousseau et Voltaire qui ne purent jamais se sentir.

Cependant Baptiste avait sur le front comme un nuage de mélancolie.

*
* *

Dans la semaine qui suivit, tout le monde remarqua qu'il marchait péniblement. Au bout de
huit jours, il s'alita et Rosette annonça à madame
la comtesse, en pleurant, que son mari souffrait
horriblement du ventre et répétait sans cesse qu'il
savait bien pourquoi, mais mourrait plutôt que de
le dire. Madame de Lérens, effrayée elle-même,
envoya quérir le docteur Boutemol, qui était le
praticien ordinaire du château. Celui-ci s'enferma
avec Baptiste et tenta de le confesser. Mais il se
contentait de se tordre dans d'horribles douleurs
en redisant ce sempiternel refrain :

— Je savais bien qu'ils me tueraient avec leur
maudit bain !

Enfin le bon docteur insistant avec une douceur
infinie, l'adjurant de parler au nom de son amour
pour Rosette et de son salut éternel qu'une façon
de suicide par le silence compromettrait sans res-
sources, Baptiste fit un effort et, les yeux hors de
la tête, la souffrance lui arrachant son secret, il
murmura d'une voix étouffée :

— C'est le bouchon qui est resté.

— Le bouchon ? fit le docteur.

Et il demeura un instant silencieux, sans comprendre. Puis, tout à coup, se frappant le front :

— Mais, malheureux! c'était pour vider l'eau de la baignoire.

— Hélas! monsieur, poursuivit Baptiste, j'avais cru que c'était pour empêcher l'eau de vous entrer dans le corps et de vous noyer en dedans.

Puis, comme dans la douleur même, l'admirable beauté de son amie éclatait en ses moindres pensées, il ajouta :

— Voyez-vous, docteur, j'aime encore mieux que cela me soit arrivé qu'à Rosette. Car elle aurait pu se tromper aussi !

Mes excuses, comtesse !

LE MÉNECHME

— Et vous êtes venu seul habiter notre triste pays? demanda madame la Préfète.

M. des Girandoles, un grand garçon blond, d'aspect fort distingué, répondit, sans le moindre embarras, à la question qui lui était posée :

— Non, madame, j'ai mon frère avec moi depuis que nous avons perdu nos parents.

— Est-il plus jeune ou plus âgé que vous? Est-ce votre Mentor ou votre Télémaque?

— Nous sommes, madame, exactement du même âge.

— Jumeaux?

— Oui, jumeaux, et rien n'est plus malaisé que de nous distinguer l'un de l'autre. Car nous nous ressemblons au point de nous y tromper nous-

mêmes et d'être obligés de nous pincer pour savoir
à qui de nous deux nous avons affaire.

Madame la Préfète, qui trouvait M. des Girandoles charmant, goûta extrêmement cette plaisanterie. On ne s'amusait pas beaucoup à Pont-l'Archevêque, et ce serait une ressource considérable
que deux jeunes gens de belle éducation venant
accroître le stock de cavaliers aidant à chevaucher
la longueur des soirées d'hiver. Elle continua donc
avec intérêt :

— Vous nous amènerez monsieur votre frère,
n'est-ce pas ?

— Oh ! mon frère est un sauvage, madame, un
studieux qui a le monde en horreur. Jamais goûts
ne furent plus différents que les nôtres dans des
personnes en apparence si pareilles. Autant je sa-
crifie avec plaisir aux exigences sociales le temps
que me laisse l'accomplissement de mes fonctions,
autant, lui qui est libre, est-il rebelle aux innocentes
distractions qui occupent les gens bien élevés.

— Un cénobite, alors ?

— Oh ! madame, pas tout à fait.

Et M. des Girandoles balbutia quelques mots tout
près de l'oreille de madame la Préfète qui reprit vivement :

— Il n'y a cependant de vraies femmes que les
honnêtes femmes !

Son interlocuteur eut un sourire équivoque qui signifiait, je crois : « Je sais maintenant à qui j'ai affaire. »

Et il frotta doucement l'une contre l'autre ses deux mains gantées de suède.

Quelques instants après, il prenait congé de Mme Denizot. Car ainsi s'appelait la curieuse dame qui venait de le confesser.

J'oubliais de vous dire que M. des Girandoles venait d'être nommé conseiller de préfecture à Pont-l'Archevêque et que cet entretien avait lieu durant sa visite officielle à la femme de son supérieur hiérarchique.

* *

Le lendemain, Mme Denizot, en bonne provinciale qu'elle était, fit une grande tournée de visites. Et ce fut, chez toutes ses amies, un :

— Avez-vous vu les messieurs des Girandoles.

— Ah ! le nouveau conseiller de préfecture est plusieurs ?

— Deux frères, ma chère, deux jumeaux, un véritable phénomène ; deux jeunes gens absolument pareils, impossibles à reconnaître l'un de l'autre.

— Et vous les avez vus ?

— Je les ai rencontrés tout à l'heure. J'en étais
abasourdie. Même visage, même taille, même al-
lure, même voix.

— Ils vous ont donc parlé?

— Le conseiller a tenu à me présenter son frère.
Il paraît que c'est un garçon un peu sauvage, mais
extraordinairement instruit. J'ai idée que nous ar-
riverons parfaitement à le déniaiser.

— Mais ce doit être incommode de se ressem-
bler à ce point. A leur place, je créerais des
différences artificielles entre nous, en taillant,
par exemple, différemment nos cheveux et notre
barbe, en nous habillant de vêtements dissem-
blables.

— Ça, ma chère, n'y comptez pas. Leur mère,
une sainte femme que j'ai beaucoup connue dans
ma famille, quand j'étais moi-même enfant, prenait un plaisir extraordinaire à les vêtir d'une
identique façon et, à son lit de mort, elle leur a
fait jurer de ne pas déroger à cette habitude de
leur premier âge. C'est sacré, ces choses-là.

Et Mme Denizot sentit une buée d'attendris-
sement lui monter aux yeux devant la beauté de
son propre mensonge.

Mensonge innocent, me direz-vous; amplifica-
tion toute naturelle d'un fait qu'elle affirmait avoir
vu, l'ayant simplement ouï. Mais ce n'est pas au-

trement que se créent les légendes. La renommée
des miracles ne s'est établie que de cette façon, au
moment où, dans la rumeur imaginée par quelque
mauvais plaisant ou par quelque naïf, un auda-
cieux se trouvait qui, bien haut et bien clairement,
s'écriait: Je l'ai vu !

Jusque-là, rien de fait ; mais à partir de ce cri,
entrée solennelle dans l'histoire.

Or, Mme Denizot avait vu.

*
* *

— Il est incroyable qu'on ne les rencontre jamais ensemble ?

— C'est que nous n'avons pas de chance, ma
chère amie. Puisque Mme Denizot leur a parlé !

Telle fut la causerie de la huitaine qui suivit,
entre dames de Pont-l'Archevêque. Puis on s'ha-
bitua à ne voir que celui de ces deux messieurs
qu'on rencontrait partout. On ne manquait jamais,
d'ailleurs, de lui demander :

— Et comment se porte monsieur votre frère ?

Il ne manquait jamais de répondre :

— Je n'en sais vraiment rien. Car le pauvre garçon a travaillé toute la nuit et n'était pas encore
levé quand je suis sorti.

Et puis c'était tout. Cependant, une dame Gines-

tou, dont le mari était directeur de l'Enregistrement et qui jalousait beaucoup Mme la Préfète,
ne voulut pas demeurer, vis-à-vis de celle-ci, dans
une situation même apparente d'infériorité et, un
jour, elle proclama qu'elle aussi avait rencontré
messieurs des Girandoles. Elle ajouta même qu'ils
ne se ressemblaient pas autant qu'on le prétendait
et qu'il fallait être simplement une oie pour les
prendre l'un pour l'autre.

Bientôt ce fut une entreprise et tout le monde féminin de Pont-l'Archevêque avait vu le frère du
nouveau conseiller. On ne rencontrait même plus
que lui.

Et celui-ci s'entendait dire fréquemment :

— Nous venons de voir votre frère. Vous devriez
distraire ce garçon de ses études. Il s'épuise et
était pâle comme un linge.

Le jeune fonctionnaire se contentait de hausser
légèrement les épaules avec un plissement mélancolique dans les sourcils. Il était devenu, vous
l'avez prévu, l'amant de Mme la Préfète. Celle-ci
crut l'apercevoir, plusieurs fois, courant le guilledou le soir, avec des demoiselles de boutique. Mais
un mot arrêtait sur ses lèvres les plaintes jalouses :

— Ne vous ai-je pas dit que mon frère avait des
mœurs horriblement légères ?

— Combien je t'aime mieux, toi

Et, rassurée, la belle Mme Denizot enveloppait de ses bras lourds et blancs la tête blonde et le cou ambré de son amant...

Un jour, un fournisseur exaspéré s'en vint se plaindre à M. le préfet de ne pouvoir obtenir un sou des Girandoles. Le généreux Denizot n'en parla même pas au jeune conseiller et tança comme il convient le fournisseur :

— Apprenez que c'est certainement au frère de M. des Girandoles que vous avez fait crédit, et ne venez plus ennuyer l'administration de vos réclamations. Si je prévenais M. des Girandoles, il vous intenterait un joli procès en diffamation, et vous n'auriez que ce que vous méritez.

Bientôt le flot des créanciers monta comme une mer.

Mais M. le préfet tenait tête à l'orage : — Ce n'est pas la faute de ce pauvre garçon, s'écriait-il, si son frère est un mauvais sujet et un débiteur insolvable! Depuis 1789, les hommes ne sont plus responsables des fautes de leurs parents.

Et M. des Girandoles n'en était que plus considéré dans la société de Pont-l'Archevêque. Aucune allusion n'était faite à sa fâcheuse parenté. Mais, de lui-même, il levait quelquefois les yeux au ciel, comme un martyr, et murmurait à demi-voix : — Pauvre Raoul! Pauvre Raoul!

On le plaignait presque autant qu'on l'estimait.

*
* *

Je vous ai fait entendre, n'est-ce-pas, avec la discrétion qui m'est particulière, que Mme Denizot et Mme Ginestou ne s'aimaient pas précisément beaucoup. Était-ce dans l'intention toute bienveillante de les rapprocher par un trait d'union que M. des Girandoles, tout en demeurant l'amant de Mme la Préfète, était devenu aussi celui de Mme la Directrice de l'Enregistrement? *Nec pluribus impar*, comme dit une prétentieuse devise. Peut-être ! Mais peut-être aussi, plus simplement, goûtait-il une volupté, toute naturelle à son âge, à effeuiller l'une après l'autre deux roses d'un parfum différent dans sa coupe, image empruntée à l'antiquité et dont la convenance parfaite me réjouit. Mme Denizot était blonde comme une coulée de miel, et Mme Ginestou brune comme une nuit sans étoiles ; ici les blancheurs rosées d'une chair appétissante à foison; là les reflets exquis d'une peau ambrée. Comment ne pas aller de l'un à l'autre de ces extrêmes délicieux? Je pourrais citer, pour l'excuse de ce jeune conseiller, un lyrique passage du Cantique des Cantiques, voire un délicieux distique d'une idylle virgilienne.

Mais ma propre érudition n'est pas en cause ici. Tout au plus la moralité de M. des Girandoles dont je me moque comme d'une guigne. Ayant soupçonné que Mme Ginestou trompait son mari, Mme Denizot conçut le machiavélique projet de la surprendre. Elle y parvint et se trouva face à face avec M. des Girandoles, avec le sien ! Car il portait à la boutonnière un camélia qu'elle lui avait donné quelques heures auparavant, un camélia rare, impossible à appareiller.

— Misérable ! s'écria-t-elle, vous ne me direz pas cette fois-ci que c'est votre frère.

— Ni à moi ! riposta Mme Ginestou également indignée de tout comprendre.

— Avez-vous même un frère ? poursuivit Mme Denizot comme prise d'une subite inspiration.

— Non. Vous n'en avez pas ! acheva Mme Ginestou, continuant sa pensée.

— Cependant, vous nous avez, toutes les deux, vus ensemble ! conclut imperturbablement le conseiller de préfecture.

— C'est vous qui les avez vus !

— Non ! c'est vous !

Et ces deux dames rougirent également, car chacune d'elles comprit que l'autre n'était plus dupe de son mensonge.

Pendant ce temps-là, M. des Girandoles avait pris son chapeau et s'était esquivé.

La Préfète et la Directrice songèrent bien à se démasquer... mais la légende dont elles étaient les auteurs inconscients était trop bien imaginée. Personne ne les aurait crues. Tout le monde se serait moqué d'elles. Force leur fut de se taire et de dévorer, comme elles le purent, leur affront. Car M. des Girandoles demeura encore plus d'une année à son poste et elles durent lui faire officiellement bonne figure pour éviter tout soupçon. Quand, grâce à la façon dont le généreux Denizot le recommanda au ministre, il eut de l'avancement, il dit mélancoliquement à la Préfète en prenant congé d'elle, en présence de son mari :

— Je n'emmènerai pas mon pauvre frère avec moi ; il m'a causé trop d'ennuis.

— Et vous aurez raison, mon cher ami, fit Denizot en lui serrant bien fort la main.

On ne parle encore, à Pont-l'Archevêque, que de l'extraordinaire ressemblance de messieurs des Girandoles.

LE CABINET VENTÉJOU

Un beau cabinet de dentiste : Appartement pro-
fessionnel avec le salon plein de gravures et de
livres illustrés, objets de distraction impuissants à
amuser les rages des patients qui attendent ; puis,
sous une lourde portière, l'huis discret qui conduit
au laboratoire, au lieu de supplice, et que le maître
de céans entr'ouvre seulement pour faire signe à
chaque client quand vient son tour. Tout cela,
n'est-ce pas, est absolument classique et une des-
cription naturaliste n'y ajouterait certainement
rien.

Quant à M. Ventéjou lui-même, un homme d'âge
moyen, la figure douce, aurifiant et extrayant avec
une égale conscience, optimiste de tempérament et
n'ayant d'ombre à ce séduisant portrait qu'une
pointe de jalousie prononcée à l'endroit de sa

emme. A peine oserons-nous, d'ailleurs, la lui reprocher quand je vous aurai dit que Mme Ventéjou, plus jeune que lui de vingt ans, était une très
séduisante personne et d'humeur peut-être un peu
légère au fond. Car elle trompait indubitablement
cet honnête mari durant que celui-ci exerçait sa cu-
rative industrie, laquelle n'a rien de récréatif pour
personne. Le mal n'eût pas été si grand si quelques
confrères, jaloux de la prospérité de la maison,
n'avaient complaisamment, et à demi-mots sournois, instruit le pauvre homme de son malheur. Il
n'en était pas sûr certainement, mais il roulait
mille soupçons cruels et brûlants avec le sang de
ses veines, toujours inquiet, comme le lièvre de
La Fontaine, qu'il ne lui poussât des oreilles plus
longues et plus dures que celles que la nature lui
avaient données. Il n'en demeurait pas moins très
fidèle à sa tâche, mais le plaisir d'arracher des
molaires à ses contemporains n'est peut-être pas de
ceux qui font tout oublier dans une passagère
ivresse.

*
* *

Ce brave homme prenait volontiers ses habitués
en amitié. Parmi les plus assidus, il fallait certainement compter la charmante Mme Despinge et

son mari. Un jeune ménage exquis et fait de
deux véritables tourtereaux · Car Monsieur, qui
avait les plus belles dents du monde, ne manquait
jamais de venir rejoindre, dans le salon, de peur
qu'elle s'y ennuyât un seul instant, Madame dont
la jolie bouche exigeait de petits soins minutieux
et réguliers, écrin merveilleux, mais dont les perles
étaient fragiles, mandoline harmonieuse, mais dont
les incrustations d'ivoire fin et de nacre éclatante
demandaient un perpétuel souci. Aussi M. Ventéjou avait-il conçu pour ces époux amoureux et
fidèles une estime toute particulière, et bientôt
avait-il dit à Monsieur : — Je vous en prie, accom-
pagnez Madame dans mon cabinet. On n'a rien à
se cacher entre gens qui s'aiment.

Monsieur avait profité de l'autorisation sans se
le faire dire deux fois, car c'était pour lui un ra-
vissement de plus que de contempler les petites
grimaces exquises que faisait Madame pendant les
opérations inoffensives dont elle était chaque jour
l'objet, et qu'on aurait pu comparer, pour leur
innocence parfaite, à la culture d'un jardin de roses.
Roses en effet que ces belles lèvres et ces fraîches
gencives traversées par un souffle parfumé des
saines senteurs de la jeunesse, et où le baiser devait
laisser des rosées comme celles que boit le soleil
d'avril. Et puis les fervents amoureux trouvent un

charme au moindre tressaillement du visage aimé,
et ce leur est un frisson jusque dans les moelles,
au moindre pli de cette peau satinée, quand un
sourire ou une douleur légère la contracte pour un
instant.

Seulement M. Ventéjou était dupe de son innocence naturelle. Monsieur n'était pas du tout le
mari de Madame, mais son amant qui avait trouvé
ce lieu de rendez-vous absolument commode. Le
vrai M. Despinge, avoué de son état, parcourait
les papiers timbrés en se promenant dans les ves-
tibules du Palais de Justice avec une liasse de dos-
siers sous le bras, durant que le faux, de son vrai
nom Arthur des Étoupettes, profitait illicitement
des égards du dentiste pour les personnes qu'unit
l'indissoluble lien des justes noces. Sa seule excuse
était qu'il n'avait rien fait pour provoquer une
erreur dont la responsabilité initiale remontait absolument au bon M. Ventéjou.

* *

La petite séance à trois avait lieu comme à l'ordinaire, et Mme Despinge, à demi renversée
dans le grand fauteuil, y minaudait agréablement
sous les doigts discrets du dentiste, tandis qu'Arthur marivaudait sur un canapé, quand un petit

mot fut remis à M. Ventéjou, petit mot qui le fit
tressauter comme un chien dont un maladroit
écrase la queue. Il devint vert comme un cornichon,
puis rouge comme une tomate, puis couperosé
comme certains dahlias. Ses cheveux se tenaient
droit sur sa tête et la voix mourait dans son gosier.

— Pardon, Madame et Monsieur, fit-il, d'un accent presque éteint. Mais il faut que je sorte un
instant.

Et il disparut comme une flèche et se sauva
comme un fou.

N'en soyez pas autrement surpris. Il venait d'apprendre le lieu où sa femme était en train de le
tromper, avec des détails qui ne permettaient guère
le doute.

— Il est légèrement indisposé et va revenir
certainement, affirma M. des Étoupettes, que cette
occasion de tête-à-tête ravissait tout à fait.

Moins affirmative, Mᵐᵉ Despinge aima cependant
à croire comme lui et les paroles tendres se rappro-
chèrent dans cette solitude inattendue, se rappro-
chèrent tant qu'elles ne furent bientôt plus qu'un
bruit de baisers, un murmure de lèvres l'une à
l'autre collées. Arthur s'élança d'abord vers le
grand fauteuil, puis Mᵐᵉ Despinge se laissa en-
traîner vers le canapé... Allons! Allons! il est
temps que je sauve la morale.

Fracas de porte ! La portière qui donnait sur l'huis du salon se souleva brusquement et un homme bondit, un mouchoir sur la joue, faisant des grimaces épouvantables et poussant, comme une bête, des cris inarticulés de douleur.

— Mon mari ! murmura tout bas, à Arthur, Mme Despinge atterrée.

Et c'était vrai, c'était M. Despinge, pris subitement, au Palais, d'une rage de dents si abominable qu'il était accouru chez le dentiste de sa femme dont il connaissait seulement le nom et l'adresse et qu'il n'avait jamais vu.

Son état était tel qu'il ne fit aucune attention au trouble qu'il jetait autour de lui en entrant ainsi à l'improviste. Il savait sa femme là et trouvait tout naturel de l'y rencontrer.

*
* *

D'autorité, impérieusement, il se laissa choir sur le grand siège de molesquine verte, et, faisant signe à Arthur, qu'il prenait pour M. Ventéjou :

— Arrachez ! arrachez ! lui dit-il, monsieur. Je ne puis tenir une seconde de plus.

Arthur, tremblant comme une feuille, ne savait où se fourrer.

— Arrache ! malheureux ! arrache ! lui dit tout bas Mme Despinge éperdue. C'est le salut !

M. des Étoupettes s'approcha donc et dut fourrer les doigts dans la bouche du mari de sa bien-aimée, ce qui est un triste régal pour un amant.

— Hou ! hou ! hou ! hou ! faisait le pauvre Despinge, maladroitement manipulé par le faux dentiste.

Et il reprenait, en bégayant de douleur :

— Arrachez ! arrachez !

Il n'y avait pas à reculer. Arthur saisit résolument les premières pinces venues, étreignit avec le fer la première molaire qui se trouva sous sa main, tourna comme un désespéré, se reprit à trois ou quatre fois, en geignant lui-même comme un boulanger, et finit par extirper, avec un joli morceau de la mâchoire autour, une dent dont M. Despinge n'avait jamais souffert.

Celui-ci hurla, s'aperçut immédiatement de la méprise, et, furieux, envoya un soufflet abominable à M. des Étoupettes, en crachant et en gémissant :

— Aïmal ! bouau ! maadroit ! Hou ! hou ! hou !

Et il disparut, comme il était entré, en jurant et en sacrant, sans seulement faire attention à sa femme.

. . . .

Pendant ce temps le vrai Ventéjou se boutait en plein le nez dans le pot aux roses. Le courageux anonyme ne l'avait pas trompé, lui. Il avait bien trouvé sa femme au lieu indiqué, dans une conversation si criminelle que ce n'était même plus du tout de la conversation. Or, voici où se corsent les choses. C'est avec le premier clerc de l'avoué Despinge que Mme Ventéjou venait d'être surprise, et ce jeune homme, pour se donner plus de prestige aux yeux de sa maîtresse, n'avait rien trouvé de mieux que de se faire passer, auprès d'elle, pour son propre patron. C'est au nom de Despinge qu'il avait loué le petit appartement coquet dont un mari malavisé venait de troubler les coupables délices. Si bien que Despinge, en train de faire lui-même un procès à Ventéjou qu'il accuse de l'avoir estropié, vient de recevoir signification d'une plainte portée en adultère contre lui par le dentiste.

Ni l'un ni l'autre n'y comprend rien. La justice débrouillera-t-elle cet imbroglio? Je l'espère pour l'honneur de la magistrature de mon pays.

En attendant, M. Arthur des Étoupettes et Mme Despinge continuent à être parfaitement heureux, et c'est l'essentiel, puisqu'ils s'aiment vraiment et qu'il n'est d'intéressant ici-bas que ceux qui s'aiment.

KIKI

— Bon goût, mais un peu dur, ce perdreau, dis-je à mon ami Thomas, réflexion qui n'avait rien d'inconvenant de ma part, puisque c'était moi qui le traitais. Et j'ajoutai : Je parie qu'il avait bien cinq ans.

— Oh ! oh ! fit Thomas qui est un grand chasseur, et même moins. A la façon dont on traque aujourd'hui ces malheureuses bêtes avec des engins de toute sorte, — car le fusil est encore, pour elles, le moins meurtrier, — les perdreaux qui voient deux étés complets sont déjà des malins. La plupart ont eu juste le temps de se reproduire avant de venir figurer, comme celui-ci, sous un peplum de lard et sur une chaise curule de pain grillé.

— En sorte qu'il n'en existe pas ayant parcouru

à peu près le cycle d'existence que la Nature avait
dévolu à son espèce?

— Non... Si fait cependant! J'en connais un!
un seul et dont l'existence fut si curieusement
tourmentée qu'on en pourrait faire un roman.

— Et, peut-on connaître son histoire? Rien
d'inconvenant, au moins, dans ses aventures?

— J'aurais gazé pour toi, mais rien ne fut plus
chaste que cette vie.

— Tu me rassures. Je t'écoute donc.

Et mon ami Thomas qui aime beaucoup à conter
comme tous les chasseurs, c'est-à-dire à mentir
un peu, ne se fit pas autrement prier. Il commença
par me donner sa parole d'honneur que tout serait
exact dans sa narration. Nous pouvons donc hardiment en croire la moitié. Ce serment achevé, il
continua comme il suit :

*
* *

Un jeune paysan, galant comme un berger de
Florian, ayant trouvé Kiki — c'est le nom donné
plus tard à ce perdreau phénomène — et sa sœur
dans leur nid, au temps de la moisson, les apporta
tout rougeauds, et à peine duvetés, à une fort belle
Parisienne de mes amies, laquelle était en villé-
giature de ce côté et faisait profession d'aimer

toutes les bêtes, pour ne décourager les hommages de qui que ce soit. A ce présent, la dame dansa de joie et tout de suite commença à réchauffer contre son sein les deux orphelins, ce qui fit loucher d'envie tous ceux qui soupiraient pour elle. Plus d'un conçut même le plan de se déguiser en pouillard au prochain carnaval, pour avoir pareille bonne fortune. Mais les amoureux ressemblent plus aisément, à s'y méprendre, à des serins qu'à des perdreaux. Après cette petite dodinette entre ses nénés, la belle personne se mit à mâcher elle-même de petits grains qu'elle enfournait ensuite gracieusement, avec le bout d'une allumette, dans les becs jaunes et béants de ses nourrissons. Ceux-ci éternuèrent d'abord, puis s'habituèrent à cette façon de déjeuner. Huit jours après ils couraient sur le plancher, une petite faveur bleue au cou, maladroits et boitants comme des gens de campagne qui ne sont habitués ni au glissant des parquets, ni au moelleux des tapis. Quand les ailes leur vinrent un peu, on les mit dans une volière avec toutes sortes de nourritures dont on laissait le choix à leur appétit.

Bientôt une crise traversa cette double existence commencée sous de si idylliques auspices. L'instinct effréné de la liberté jamais connue vint aux deux captifs et ils se mirent à heurter furieu-

sement, de la tête et de l'aile, le grillage de leur
prison sur lequel venait se briser leur vol, les précipitant à terre pantelants et meurtris. Leur maîtresse, qui avait bon cœur, leur adressa quelques
petits discours très sages et très affectueux pour
les dissuader de cet exercice où s'abîmait leur
plumage d'un beau gris cendré moiré de roux.
Mais elle leur refusa la seule chose qui leur pût
rendre la raison : la clef des champs, qui est aussi
celle des beaux rêves sous les tièdes caresses du
ciel, pour les bêtes tout comme pour nous... Avec
cette rage désespérée qui, dans toutes les races,
donne aux femelles une énergie incomparable, la
sœur de Kiki se tua net dans un élan plus furieux
que tous les autres. Après s'être consciencieusement découronné le crâne, ce qui le rendait chauve
comme un vieux greffier, et cassé une patte, ce
qui lui donnait l'air béquillant d'un bedeau de pro-
vince, Kiki se résigna ou fit semblant. Avec une
de ses plumes tombées, il écrivit comme Silvio
Pellico ses *Mi Priggioni*. Mais son manuscrit n'a
pu être encore retrouvé...

— Tu me donnes aussi ta parole de ce détail,
ami Thomas ?

— Bah ! Il faut bien enjoliver un peu les choses.
Ce n'est pas mentir que raconter une chose que
personne ne croira.

*
*

— J'ai dit, poursuivit Thomas, que la résignation de Kiki n'était qu'apparente. Elle fut patiente
néanmoins ; car ce ne fut qu'au bout de deux ans
de fers et après avoir assassiné à coups de bec
tous les camarades qu'on avait voulu lui donner,
sans doute pour être plus sûr de ne pas être mou-
chardé dans ses projets, qu'il profita d'un instant
où sa volière demeura entr'ouverte pour fuir à tire-
d'aile sans rien articuler qui ressemblât, même de
loin, aux adieux de Fontainebleau. Sa mère adop-
tive — ainsi se nommait elle-même celle qui lui
avait donné de petit nougats à la salive, en le tenant dans sa gorge pour lui faire croire qu'elle
l'allaitait — pleura comme un enfant devant sa
cage vide. Bien sûr quelque chat le dévorerait ! Il
n'avait pas l'habitude du plein air et y serait aussi
perturbé qu'un Bouguereau lâché en pleine nature ! Ah ! si l'on avait su, mieux eût valu l'accom-
moder aux choux qui sont le milieu naturel d'un
perdreau de deux ans ! Il n'eût souffert ainsi ni du
froid ni de la faim. Car les choux sont une excellente fourrure et ce mets est un des plus nourris-
sants au monde ! Ainsi se lamentait la dame aban-
donnée et ses larmes coulaient, grosses et drues

comme des perles, sur le brocart de sa robe somp-
tueuse, tandis que ses amis lui disaient pour la
consoler : — Bon ! bon ! nous nous mettrons à sa
place et nous mangerons du blé cru pour vous
faire rire ! Mais elle était, comme la Rachel biblique, insensible à leurs propos bénévoles.

— Et cela dura ?

— Une grande demi-journée, ce qui est énorme
pour un chagrin de femme.

— Vous êtes un sceptique, monsieur Thomas.

— Non ! Mais j'ai connu quelques veuves. Il est
vrai que c'était moi qui me chargeais...

— Pas de fatuité, s'il vous plaît.

— Soit ! Aussi bien, c'est ici que commence
l'intérêt véritable de mon histoire.

*
* *

— Le pavillon habité par sa maîtresse étant voisin de l'Observatoire, Kiki s'en fut tout naturellement, au sortir de sa volière, du côté des arbres
du Luxembourg, des grands arbres qui ne con-
naissaient alors que le lourd battement d'ailes des
pigeons s'abattant en bandes sur leurs hautes
branches et le piaillement vespéral des moineaux
se disputant, par milliers, le même perchoir, avec
un bruit innombrable de friture. Ayant choisi le

sommet d'un orme plus élevé que tous les autres
pour embrasser d'un coup d'œil l'horizon, il se
sentit tout de suite pris d'un mépris souverain
pour le paysage de banlieue qui s'étendait pour
lui jusqu'à l'horizon, ici dénudé comme son propre
crâne, là hérissé de cheminées ouvrières crachant
en l'air de noires fumées. Avec une sûreté de goût
qu'on ne saurait trop louer, il jugea que le beau
jardin parisien où le sort l'avait conduit valait infiniment mieux que cette fausse campagne. — Je
serai citadin ! se dit-il à lui-même, et il se tint parole.

— Comment ! il est encore dans le Luxembourg ?

— Certainement, et depuis dix ans, ce qui lui
en donne hardiment douze, cas de longévité merveilleux chez un volatile à qui le destin de Mathu-
salem avait toujours été interdit. Il est vrai qu'il
est maintenant perclus de rhumatismes et ne saurait comment faire sans les soins d'une vieille corneille qu'il a prise pour femme de ménage et qui,
si elle ne faisait danser un peu l'anse du panier,
serait une servante parfaite. Mais Kiki est riche,
fort riche, ayant consacré son âge mûr à prêter du
chènevis et de la vesce à la petite semaine aux pigeons qui, comme toutes les bêtes amoureuses,
sont imprévoyants en diable et insoucieux du len-

demain. Kiki était devenu un usurier formidable,
le Gobseck de ces majestueux ombrages. C'est ce
qu'on lui a, du reste, jeté au bec dans la réunion
électorale où il était allé poser sa candidature...

— Tu exagères, Thomas.

— Non ! j'accentue à peine. C'est que, vois-tu,
j'ai passé le meilleur de mon temps à observer
Kiki, sans qu'il s'en doutât, depuis qu'il se com-
porte en citoyen libre de l'air. C'est un oiseau
bien désireux de s'instruire et à qui n'échappe
plus guère aujourd'hui aucun raffinement de notre
civilisation humaine. Les jours de pluie, il va s'a-
battre contre les croisées du Musée, et ses opinions en peinture sont inexorables. Les Cabanels
lui donnent des picotements d'ennui sous la queue,
et, par contre, le moindre bout de toile de Puvis
de Chavannes met à ses petits yeux ronds de
douces larmes, lui révélant l'étendue glorieuse des
plaines et l'infini d'azur pâle des cieux où se perd
son rêve de perdreau dans de mystérieuses délices... Les jours de soleil, quand les pères cons-
crits laissent leurs fenêtres entre-bâillées, il se
glisse dans le voisinage pour écouter leurs discours politiques. S'il proposait une réforme, ce serait que les séances du Sénat eussent lieu durant
la nuit et qu'elles fussent ouvertes à tous les pauvres diables que travaillent d'incurables insom-

13

niés. Ce leur serait un remède plus précieux que
la morphine dont tout le monde connaît les dan-
gers. Il compare volontiers ce ramassis de têtes
vénérables sans un cheveu à un tas de cailloux et
regrette que Démosthène ne soit pas là pour les
mettre dans sa bouche et parler à leur place. Au
printemps, il s'amuse infiniment des amoureux, le
célibat l'ayant rendu horriblement misanthrope et
sceptique à l'endroit des affections les plus sacrées.
Il se purge rien que pour leur jouer de vilains
tours quand ils s'asseyent sur quelque banc, se
serrent l'un contre l'autre et mêlent doucement la
tiédeur de leurs chevelures, parlant tout bas ou ne
parlant plus qu'avec des baisers...

*

* *

— Écoute donc, Thomas?

A force de bavarder, nous étions restés les derniers dans le petit restaurant du quartier Latin où
nous dînions ensemble; on avait éteint la moitié
des becs de gaz, et le patron causait, en bas, très
haut, avec des amis qui riaient très fort. Or, nous
l'entendîmes distinctement qui disait:

— Vous savez, le perdreau du 5? Eh bien, c'est
moi qui l'ai démoli hier, en plein Luxembourg,
avec ma sarbacane.

— Ah! ah! ah! disaient les autres en riant de plus belle.

Thomas devint très pâle.

— C'est nous le 5, fit-il, et nous venons certainement de manger le pauvre Kiki!

— Tu vois bien que j'avais raison de le trouver dur, lui répondis-je avec philosophie. D'ailleurs, ajoutai-je, je n'ai aucun remords à son endroit. Une bête qui ne croit pas à l'amour est une sale bête, et ce que je dis des bêtes, je le pense aussi des gens!

ALLER ET RETOUR

Le train filait, me dit Jacques, dans l'ombre vite venue ; à peine, de temps en temps, les lumières d'une station que franchissait l'express, mettaient, rapides, une teinte jaune aux vitres fortement ombrées. Dans l'intérieur du compartiment, rien que la clarté très amortie de la lanterne centrale incrustée au plafond et dont un voile bleu, faisant office d'écran, recouvrait l'enveloppe transparente et bombée. Et il en était ainsi depuis Paris, depuis l'instant où je m'étais frileusement pelotonné dans mon coin, tandis qu'une dame, très emmitouflée, avait élu domicile dans un autre angle, le plus éloigné du mien. A peine avais-je entrevu son visage, et le hasard d'une solitude à deux ne m'avait inspiré aucune curiosité à l'endroit de ma compagne de route.

Ne partais-je pas le cœur encore plein d'une in-
fidèle ?

Oui, je partais pour me distraire de mon cent
unième chagrin d'amour, mais incapable d'oublier encore, ne fût-ce qu'un instant, le charme
cruel sous lequel j'avais si doucement vécu. Perfide Céleste ! Elle avait bien la grâce nonchalante
par quoi je suis toujours vaincu, l'adorable pa-
resse de mouvements qui fait de la femme le
plus adorable des félins. Dans ses yeux clairs
et étoilés passait je ne sais quel rêve de volupté
sauvage, et sa belle crinière fauve jetait sur ses
épaules la toison héroïque du lion néméen. Tout
était langueur exquise dans son être profondément conscient de sa splendeur. Elle souffrait,
avec une résignation superbe, l'outrage inquiet
des caresses, se laissant adorer sans que rien té-
moignât qu'elle-même eût une âme. Fait d'aris-
tocraties souveraines, son corps s'abandonnait avec
d'adorables dédains. Mais qui dira l'éclat de l'or
vivant dont était faite sa chevelure, et la solidité
marmoréenne de sa gorge, double colline dont un
invisible couchant incendiait les cimes de neige
jumelles, le noble dessin de son ventre et la rondeur puissante de ses cuisses s'effilant au genou !
Ah ! fille cruelle et sans foi !

Ainsi pensais-je douloureusement, tandis que

les lieues s'amoncelaient sous la course de fer des
roues au monotone ronflement, scandé par l'halète-
ment furieux de la locomotive dévorant rageuse-
ment l'espace et le rendant en fumée.

*
* *

Et une façon de sommeil troublé, de sommeil
sans repos ayant fermé mes yeux, je me plongeai
dans un songe qui fit revivre pour moi la scène
qui nous avait séparés. Ce fut une répétition in-
tense de toutes les angoisses déjà subies. Elle
avait prétexté une absence de deux jours, la visite
classique à sa mère, vertueuse paysanne ignorant
tout à fait le déshonneur de son enfant. Deux jours
sans la voir, presque un siècle !... Fatalité d'une
promenade désœuvrée ! Je crus l'apercevoir dans
le fond d'une voiture trois heures après l'avoir
moi-même reconduite à la gare. Bah ! c'était
stupide ! On croit reconnaître dans toutes les
femmes celle qui vous a pris toute votre pensée.
J'aurais cependant dû suivre ce fiacre déjà disparu. Allons donc ! j'étais fou ! Elle avait pris son
billet devant moi ! Les heures qui suivirent n'en
furent pas moins atroces et il me fut impossible
de dîner. Comme tous les maux que l'ombre
avive au lieu de les assoupir, ainsi que le dit si

bien le vers virgilien : *Tempus erat*, etc., je sentis
ma fièvre s'accroître quand le soir descendit par
les rues, ce soir parisien au brouhaha mélancolique sur le pavé gras, sous le clignotement
imbécile du gaz, avec ses bruits de devantures
qu'un cric fait descendre en grinçant, avec ses va-
et-vient de filles affamées dont les toilettes
boueuses ont des relents de parfums grossiers...
Une sorte de dégoût de tout ce qui n'était pas
quelque chose d'elle, plus que la jalousie que
répudiait mon esprit, m'amena doucement jusque
dans le quartier qu'e le habitait, jusque dans la rue
où était sa chère maison, jusque devant la porte
que nous franchissions tous les soirs ensemble,
mon cœur battant bien fort au rythme délicieux de
es talons dans l'escalier... Une force inconsciente
avait poussé mes pas et mes yeux erraient dans
le vague... Soudain deux ombres disparaissent
ensemble par l'huis adoré. Ah ! cette fois c'était
bien elle !... Mais non ! mais non ! Et sa vertueuse
mère dont j'avais lu la lettre et qui l'attendait !...
Ah ! le doute devenait impossible. Les deux croisées de son appartement venaient de s'éclairer...
Je n'avais pas la berlue ! C'était bien l'étage et
bien les deux fenêtres... Je bondis et, en un instant,
je fus sur le palier. Je donnai, tout en me sentant
défaillir, un mourant coup de sonnette. Pas de

réponse !... Je recommençai plus énergiquement, même silence... Je carillonnai désespérément... Rien ! rien ! rien ! Je tirai si furieusement à moi que le bouton me resta dans la main...

— Mais, monsieur, s'écria la dame qui était avec moi en wagon, en me secouant pour me réveiller, vous êtes fou !

A peine arraché à mon rêve, je pus contempler le joli coup que j'avais fait. Dans ma mimique de somnambule exaspéré, je m'étais cramponné au bouton de la sonnette d'alarme du compartiment, et j'avais fait jouer le signal de secours !

*
* *

A peine revenu à moi, je mesurai la portée de cette distraction. C'était écrit sur le cadran de cet aimable appareil : une amende formidable et quelques jours de prison à qui, sans nécessité, ferait jouer cette petite machine et jetterait la terreur dans un train tout entier, risquant d'ailleurs d'amener les collisions les plus graves par un arrêt intempestif. J'étais propre !

— Madame, m'écriai-je, vous seule pouvez me sauver !

— Et comment cela, s'il vous plaît ?

— Mais en déclarant à l'agent qui va venir que c'est vous qui avez sonné.

— Par exemple ! Eh bien, je vous remercie !

— Écoutez-moi jusqu'au bout, madame. Vous pourrez, vous, dire que vous avez été forcée d'appeler au secours.

— Et pour quelle raison ?

— Mais en alléguant que j'ai été inconvenant avec vous.

— C'est ça ! en me faisant passer pour violée !

— Non ! pas tout à fait...

— Mais, malheureux, on vous poursuivra pour ce délit, comme pour l'autre !

— Oui, mais j'aurai l'air moins bête, et puis, en retirant votre plainte, vous pourrez arrêter l'action de la justice.

— Je vous dis, monsieur, que vous vous moquez de moi !

Le signal avait fait son effet: le train ralentissait sa marche. Le gendarme en casquette à galons allait faire irruption. Je perdis la tête et, me précipitant aux pieds de ma voisine :

— Madame, suppliai-je, ne soyez pas sans miséricorde ! ne me couvrez pas de ridicule ! Dites que c'est vous ! je ferai tout ce que vous voudrez ! Je vous aimerai bien !...

Et, durant ces discours insensés, je lui baisais

les mains, — des petites mains blanches et très
potelées ; — Je lui étreignais les épaules, — des
épaules rondes et grassouillettes qui sentaient
bon sous le vêtement ; — je plongeais mes yeux
dans ses yeux, — des beaux yeux bruns d'une
douceur effarouchée ; — enfin, obéissant à un
souvenir classique, je fourrageais respectueusement sous ses jupes pour « embrasser ses genoux », comme on dit dans les tragédies...

V'lan ! C'est à ce moment psychologique que le
fonctionnaire de la compagnie entra. Il reconstitua
tout de suite la scène que j'avais imaginée et que
je jouais, en partie, sans m'en apercevoir.

— Misérable ! s'écria-t-il, Et me saisissant vi-
goureusement au collet, il me fit descendre d'un
bond, tandis que la dame, d'une voix pleine de pitié, murmurait : — Mais, monsieur, je vous jure !...

Deux solides gaillards étaient venus à la res-
cousse, m'avaient enfermé dans la voiture des
bagages, et le train avait repris sa marche en-
diablée, s'efforçant de rattraper ses cinq minutes
de retard.

*
*

A la station prochaine, je fus extrait du nombre
des colis et amené dans le bureau du commis-

saire de la gare. Ma pauvre compagne de voyage
aussi fut engagée à s'arrêter là, malgré ses protestations. Mais elle n'avait pas le temps ! Elle
allait à un mariage qui avait lieu le lendemain à
dix heures. Si l'express repartait sans elle, son
voyage serait inutile !.,. Elle n'avait pas invoqué
ce motif de départ que l'express lui sifflait nar-
quoisement au nez et passait : Hou ! hou ! sous
le haut vitrage. Alors, furieuse, elle déclara qu'elle
ne savait rien et ne comprenait rien à tout ça.
Mais l'animal qui avait pénétré dans le compartiment où je m'inspirais de la pantomime classique
était resté 'là pour déposer. Ce fut tout simplement écrasant... A entendre ce témoin zélé, il
était arrivé juste à temps pour empêcher... Ah !
la dame se récria ferme et moi aussi. C'était trop
fort ! Nos intérêts devenaient communs devant
cette attaque immodérée d'un tiers. — Je n'avais
pas l'air d'un faune, s'il vous plaît ! — Elle n'était
pas femme à se laisser faire. Le commissaire,
qui avait pas mal envie de dormir et qui semblait
d'ailleurs un brave homme au fond, finit par demander à mon alliée : — Oui, ou non, portez-vous
plainte contre ce monsieur ? — Moi, jamais de la
vie ! dit-elle. — Alors, reprit-il, vous allez signer
que vous avez obéi à un mouvement de terreur
peu justifié et que vous regrettez sincèrement...

— Si ça vous fait plaisir. Et elle signa.

Ah ! si vous aviez vu la tête de notre accusateur qui sentait son procès-verbal lui échapper ! Il y a tout de même de mauvaises gens de par le monde...

On nous fourra dans une salle d'attente. Là, mon ex-voisine de compartiment et moi, nous commençâmes de causer le plus amicalement du monde. Elle était adorable, cette femme, tout simplement ! Sans rancune d'abord et avec de si belles dents blanches ! Ma foi, puisqu'elle ne pouvait arriver à destination pour la cérémonie, elle reviendrait tout simplement à Paris... Moi, je ne me sentais plus rien à oublier... nul souvenir à fuir dans de lointaines contrées... Je pensais aux mains mignonnes, aux épaules parfumées, aux regards expressifs et charmants de l'inconnue...

— Paris ! Paris ! c'était l'express croisant le mien et faisant le chemin inverse.

Un compartiment était vide..., nous y montâmes tous les deux. Ah ! ce fut bien le plus aimable des voyages ! La sonnette d'alarme ne tinta pas... et pourtant !

LE CADEAU

Je n'aime pas faire, à tout propos, mon éloge personnel ; mais enfin je puis bien faire remarquer à mes lecteurs ordinaires, dans le but peu dissimulé d'en obtenir un compliment, que j'ai coutume de les conduire dans un monde bien plus distingué que celui où fréquentent et les mènent mes confrères du naturalisme. J'y trouve l'avantage de faire ressortir ainsi mes belles relations et de mériter l'estime des censeurs de mon pays. Jamais un ministre de l'instruction publique n'encourra les colères de la chronique pour avoir interdit solennellement la représentation de mes ouvrages exempts de toute revendication sociale. Cela prouve qu'il y a toujours avantage, **comme** me le disait ma grand'mère, à rechercher la compagnie des gens comme il faut.

Ainsi, aujourd'hui, je vous donne rendez-vous au château des Andives, à deux lieues de la petite ville de Pont-le-Chanoine, un château moderne, mais construit dans le goût ancien, un superbe anachronisme en pierre de taille, avec des mâchicoulis pour l'écoulement des eaux et des oubliettes pour mettre le charbon de terre, avec une enceinte fortifiée où l'on cultive les melons, un fossé circulaire où l'on pêche d'excellentes carpes et un pont-levis où on prend le frais en été sous une tente. Monument à la fois d'un aspect terrible et débonnaire, dû au génie d'un de ces architectes qui font du quinzième siècle à prix fixe, pot-de-vin compris.

Un comte véritable habite cette redoute. Parfois les colombes se cachent au nid des vautours — quand ceux-ci sont dehors, bien entendu. — Encore ce point d'histoire naturelle n'est-il pas bien certain ni tout à fait éclairci. Mais n'avons-nous pas tous chanté, dans notre enfance, une romance où se trouvaient ces quatre vers étonnants :

> Mais pourquoi te cacher, ô ma pâle amoureuse ?
> Je t'aime et devant toi, mon orgueil je le perds.
> Sache que d'un regard, la colombe peureuse
> Fait tomber à ses pieds le lion des déserts.

Quel sujet étonnant pour le concours du prix de Rome ! Oui, des colombes roucoulaient dans ces murailles. Un jeune ménage y distillait sa lune de miel. M. le comte Robert de Saint-Pétulant avait épousé, trois mois auparavant, l'admirable Berthe O'Kel Néné, d'une grande famille irlandaise, et ce que ces jeunes gens s'adoraient était pour donner envie aux pigeons se poursuivant à tire-d'aile, au faîte des châtaigniers qui faisaient au pont-levis déjà nommé une admirable avenue. Il y avait bien une ombre dans ce riant tableau, comme dit une formule consacrée mais imbécile, — car je vous demande un peu ce que serait un tableau où il n'y aurait pas une ombre ? — M. Bourguereau lui-même a beau faire gracieux, quand il ne parle pas aux cinq Académies rassemblées, il lui est absolument impossible de ne pas mêler une pointe de bitume au rose effarouché de ses chairs. Mais je suis pour les formules consacrées. L'ombre était celle de la belle-mère légendaire, la douairière O'Kel Néné ; une personne infiniment respectable, mais plus embêtante encore et qui faisait de son mieux pour mettre la zizanie entre les jeunes conjoints. Mais elle n'y avait pas encore réussi, et son méchant petit œil gris de vieille chouette n'avait encore surpris entre eux que les expansions innocentes d'une affection légitime.

*
* *

Car il y a encore cela d'agréable avec moi. — J'ai horreur de me vanter, mais cependant je ne puis passer absolument mes perfections sous silence. Oui, il y a cela d'agréable que jamais, ou presque jamais, on n'est compromis dans la fréquentation de faux ménages. Je ne peux pas sentir le monde des concubins. Il me faut des personnes authentiquement mariées, et mes petites histoires sont toujours à la plus grande gloire du Dieu Hymen, ce Tiberge du Dieu Amour, moins amusant peut-être, mais autrement considéré de tous les honnêtes gens. Vous ne sauriez croire les avantages que je trouve à demeurer ainsi dans la régularité de la vie bourgeoise, à ne point frayer (le mot est dur, mais tant pis) dans le commerce (dur aussi mais je m'en fiche) des amants et des maîtresses. Tout ce qui se passe entre ceux-ci est, par avance, blâmable, et leurs caresses sont pour faire rougir quiconque a le sentiment de sa dignité de citoyen. C'est des horreurs ! comme dit madame Pochet à madame Gibou. — Décrire complaisamment de telles infamies est le fait d'un écrivain peu jaloux de sa bonne renommée et de la considération de la magistrature. Tout est indécence pure, pornographie certaine, outrage aux mœurs, dans les faits et gestes d'affections coupables. Lorsqu'il s'agit, au contraire, de légitimes tendresses, tout devient licite, aimable, de bon goût, utile à la sainte institution du mariage ; je puis laisser courir ma plume au caprice des plus voluptueux tableaux sans offenser en quoi que ce soit la pudeur des classes dirigeantes, les seules dont je brigue le suffrage... et encore bien peu !

O f ! voilà une profession de foi un peu longue pour un homme qui n'a pas envie de se présenter aux élections législatives dans six mois, au plus tard. Je reviens à nos amoureux de par le maire et de par la nature aussi, au comte Robert et à son épouse Berthe. Quant à la douairière O'Kel Néné, si vous le voulez bien, nous n'en parlerons plus. Pouah !... Et cependant elle avait été beaucoup aimée.

*
* *

C'est la Saint-Robert. Est-ce que vous vous rappelez jamais les dates où l'on fête vos parents et vos amis, comme dans la *Dame Blanche ?* Mieux vaudrait pour moi que je n'y pensasse jamais que de m'en souvenir tout de travers, comme il arrive souvent à ma bonne volonté. Car je n'ai pas mon

14

pareil pour envoyer un bouquet avec un mot gracieux à une dame nommée Adèle, le jour de la
Sainte-Ursule, ou bien pour souhaiter de longues
années à ma tante à l'occasion de l'anniversaire de
la naissance de mon oncle. Ce sont de petites distractions où éclate mon urbanité et où se révèle
mon amour de la famille. Peut-être alors ai-je été
imprudent en parlant tout à l'heure de mes perfections? Bah! ne croyez que la moitié du bien que
je dis de ma personne, et vous serez encore fort au
delà de mes mérites.

Donc, c'est la Saint-Robert, la vraie, celle qui
figure au calendrier entre le troisième quartier et
la pleine lune. Moi, malgré mon amour pour la
noblesse, je tiens pour la pleine lune. Si vous con-
naissiez celle... Pas de bêtise ! Il avait été convenu
qu'on ferait une surprise à monsieur le comte,
qu'un dîner somptueux lui serait offert chez lui-
même, et qu'au dessert aurait lieu le défilé des
petits présents qui entretiennent l'amitié et aussi
les marchands d'un tas de riens extrêmement coû-
teux. Donc grand remue-ménage au château. En
homme bien élevé, monsieur le comte faisait,
comme on dit dans le peuple, celui qui ne s'aper-
çoit de rien. Les apprêts du festin s'effectuaient
avec un bruyant mystère, et les façons mêmes
discrètes de tout le monde étaient comme pour dire

au héros de la fête projetée : Vous allez voir comme vous allez être étonné ! Il arrivait de toute part des boîtes et des bourriches. Car ce Saint-Pétulant était fort aimé de son voisinage, et les hobereaux dont il était si bien défendu par un vrai système de fortifications, venaient volontiers jouer au whist avec lui le soir, dans la grande salle seigneuriale.

Berthe, elle, avait fait atteler de grand matin, et, en prétextant une messe à entendre, était allée faire son acquisition à Pont-le-Chanoine. Comme elle rentrait dans la chambre conjugale, elle s'aperçut que son mari était sur ses talons et n'eut que le temps d'enfouir sous l'édredon du grand lit de vieux chêne à courtines de tapisserie ancienne l'objet qu'elle comptait lui offrir dans la soirée et que, pour un empire, elle n'eût pas voulu qu'il aperçût auparavant. Car toute sa joie de donatrice en eût été déflorée !

Fort heureusement, la cloche du déjeuner sonna au même instant, et madame redescendit au bras de monsieur, sans que celui-ci eût vent de quoi que ce soit, ce qui importe pour la congruité de ce récit.

*
* *

Et maintenant, Muse chaste du mariage, prête-

moi une plume tombée de l'aile de la plus blanche
palombe et me la laisse tremper dans une encre
de la plus grande vertu. Aussi bien, baille-moi
pour écrire un pétale de lis. Je ne saurais rien
imaginer de trop pur, en fait d'outils, pour me
faciliter mon imprudent travail.

Après déjeuner, monsieur regarda tendrement
madame, et leurs hauts sièges sculptés se rappro-
chèrent. Si bien que quand la damnée douairière
dont j'avais juré cependant de ne plus parler fut
partie, en haussant ses maigres épaules, et que les
domestiques se furent discrètement retirés, les
têtes de Robert et de Berthe en vinrent à mêler
leurs chevelures, qu'un souffle de baisers fit voler
autour de leurs fronts. Un grand frisson leur passa
au corps — frisson légitime, messieurs les censeurs ! — et se levant doucement, sans se rien
dire, comme deux automates qu'un même ressort
fait agir, d'un pas très lent ils remontèrent vers la
chambre où quelquefois, souvent même, sans
attendre la vesprée, ils effeuillaient ensemble de
belles heures diurnes, celles-ci n'étant pas les
moins idoines aux joies délicates de l'amour, pour
les vrais connaisseurs s'entend.

La porte bien vite repoussée derrière eux et le
verrou tiré, ils se sentirent soudain aux bras l'un
de l'autre, et en même temps leurs regards, mariés,

comme eux-mêmes, s'en allèrent vers le grand lit
de vieux chêne à courtines de tapisserie ancienne
où Diane poursuivait depuis deux siècles Actéon.

Mais soudain Berthe rougit et se dégagea vivement.

Elle avait vu l'édredon ! Une imprudence, et si
on allait de ce côté, Robert découvrirait le cadeau
enfoui sous les soies duvetées. Alors, plus de surprise !... tout serait manqué !... à quoi bon le
grand dîner du soir !

Comme prise d'une inspiration soudaine, la
comtesse s'est assise auprès de la grande cheminée
renouvelée de celles du château de Blois et a roulé
son prie-Dieu près des grands tisons qui crépitent
dans l'âtre immense, enveloppés de petites flammes
bleues...

Un long silence... Puis la porte de la chambre
s'ouvre de nouveau et monsieur le comte sort avec
une expression de joie triomphale sur le visage. Il
sort en fredonnant un hallali et en bousculant la
femme de chambre qui venait prendre des ordres.

Celle-ci entre et trouve madame la comtesse le
front dans ses deux mains, à genoux sur son prie-
Dieu, remerciant le Père Éternel, sans doute, de
ce qu'il avait permis que rien ne gâtât la surprise
qu'elle destinait à son époux.

PREMIER DUEL

— Comment, je ne vous ai jamais raconté mon premier duel? dit mon éminent adversaire, en posant, sur le long divan de cuir de la salle, son masque et son fleuret.

— Non, jamais.

— Eh bien, tant pis pour vous si l'histoire vous revient ensuite en mémoire, durant que je vous la narrerai à nouveau.

Et, tout en essuyant sur son front les salutaires rosées de l'assaut, mon éminent adversaire continua comme il suit :

— J'avais vingt ans, vingt-deux peut-être ; je n'avais pas grand argent en poche, mais j'avais beaucoup d'amour au cœur. Quand je la rencontrai, pour la première fois, des motifs de délicatesse m'empêchèrent de lui demander immédiatement

ce que j'appellerai, si vous n'y voyez pas d'inconvénient pour la morale, un rendez-vous ferme.
Mais le dimanche à venir, je devais être relative-
ment riche. Aussi n'hésitai-je pas à lui proposer
une partie de campagne qui fut acceptée avec
enthousiasme. Je devais venir la prendre à onze
heures chez elle, rue La Rochefoucauld, 116, au
second, la porte à droite. Vous voyez, mon cher,
que je n'ai rien oublié... Une maîtresse vénale
alors?... Non ! non ! n'éxagérons rien. Une excellente fille qui se serait révoltée à l'idée d'un mar-
chandage de ses charmes, mais qui, si elle ne se
vendait pas — par l'excellente raison qu'on livre
à jamais ce qu'on vend — se prêtait du moins,
moyennant quelques présents et quelques plaisirs.
Dieu me garde de médire de ces bonnes créatures
que Philoxène Boyer, trop timide pour s'adresser
à d'autres femmes qu'elles, nommait si ingénieu-
sement des « conciliantes ». Celle-là s'appelait
Constance, posait, à l'occasion, chez les peintres,
dans le jour, et dansait volontiers le soir à l'Élysée-
Montmartre, à moins qu'elle ne fît le voyage de
Bullier pour aller rigoler avec les étudiants.
Belle ? Parbleu ! Très belle, ne vous en déplaise :
une débauche de chair rose et jeune, un éblouisse-
ment de dents dans un sourire, toutes les gaîtés
mouillées d'avril dans les yeux, une avalanche

d'or dans la chevelure. Spirituelle? Oh ! non pas.
Mais tout l'esprit de madame de Sévigné n'est rien,
comparé à ce que j'attendais d'elle.

— Les femmes bêtes ne vous sont pas insup-
portables ?

— Infiniment moins que celles qui savent trop
qu'elles ont de l'esprit. La bêtise calme, un peu
silencieuse, recueillie et ne se manifestant que
par quelques bourdes comiques ingénument lan-
cées, n'est pas pour me déplaire. Il y a de la sérénité de la fleur et du ruminant dans ce genre de
stupidité. Les fleurs et les ruminants, il est vrai,
ne disent jamais d'âneries. Mais on n'est pas
parfait.

*
* *

— Je reprends mon récit. Cette semaine me fit
l'effet d'un siècle, d'un de ces siècles longs dont
aucun grand homme ne précipite la chute dans
l'éternité par un grand étincellement de gloire,
détournant les yeux des contemporains de la
marche caduque du temps. Délicieuse lenteur
des nuits ! Que de rêves je caressais pour le dimanche à venir ! J'égrenais le chapelet des tendresses imaginaires. Tant d'amour tiendrait-il
vraiment dans les vingt-quatre heures que m'allait

accorder le destin ? J'eus, le samedi, une peur
terrible. La lettre qui m'apportait les fonds néces-
saires au bonheur du lendemain m'arriva avec
quelque retard. Ce que je lançai d'imprécations
contre le service des postes ! Le ciel ne m'entendit
certainement pas ; car sans cela l'administration
tout entière eût été foudroyée, à commencer par
l'opulent directeur et à finir par le facteur modeste
qui, s'il n'en a pas le parfum, a, tout au moins,
l'humilité de la violette. Ce ne fut d'ailleurs qu'une
terreur passagère. L'argent vint, l'argent tant
souhaité. Le dimanche vint aussi, un dimanche
d'été dont le berceau matinal était tout enveloppé
de gaze roze, comme celui d'un enfant longtemps
attendu. Puis un déchirement du ciel à l'horizon
incendia de flammes d'or ces vapeurs flottantes, et
la couche frileuse du jour s'abîma dans quelque
mer lointaine d'où monta comme une fumée de
pourpre. Il ferait un temps magnifique, certainement, et le ciel était rayonnant comme mon cœur.
Je passai, je l'avoue, assez longtemps à ma toilette. Ce souci, en pareil cas, est une forme du
respect dû à la femme, à toutes les femmes,
entendez-vous bien ? Car un homme de bonne
éducation n'en traite aucune avec de trop évidents
mépris.

A onze heures moins cinq, je gravissais deux

étages à l'adresse indiquée et, avec quelques battements dans la poitrine, je sonnai à la porte à droite. On ne m'ouvrit pas. — Voilà, pensai-je, ce que c'est que d'arriver avant l'heure dite. Une promenade hygiénique dans la rue me fit prendre patience. A onze heures cinq je recommençai ma tentative. Même succès. — On donne bien à la femme qu'on aime le quart d'heure de grâce! me répétai-je. Et je fis une seconde promenade plus hygiénique encore peut-être que la première, mais aussi plus nerveuse assurément. A onze heures vingt, même échec. — Elle aura été se faire coiffer dans les environs pour me plaire davantage! me dis-je à moi-même pour me dissimuler mon inquiétude. Je recommençai à onze heures trois quarts et à midi. Dix étages en cinq fois! Elle aurait aussi bien fait de rester au dixième tout de suite. Car les propriétaires en viendront là, n'en doutez pas! Le désespoir me vint enfin et aussi la colère. Je pris ma carte dans ma poche et la glissai sous la porte, après avoir inscrit par derrière ces mots foudroyants : « Je n'aime pas qu'on se fiche de moi, madame, et qu'on ne se trouve pas aux rendez-vous qu'on m'a donnés. Je souhaite beaucoup de plaisir à l'imbécile qui, sans doute en ce moment, croit à vos belles paroles. Quant à moi, vous ne m'y reprendrez plus. »

*
* *

— Musset était notre poète dans ce temps-là,
continua mon éminent adversaire; et nous avions
raison; car c'est un admirable poète. Notre seul
tort était de le préférer à Hugo et à Lamartine. La
grandeur manquait assurément à celui qui ne sut
jamais pardonner à la femme. Mais si la douleur,
chez lui, ne fut ni héroïque ni sublime, elle eut du
moins des cris terriblement intenses et humains.
Autour de Musset régnait une légende et nous
étions convaincus que tout homme qui se respecte
et a un chagrin d'amour ne saurait se dispenser de
se griser affreusement. Telle était la haute morale
que nous buvions dans ses écrits. Furieux de la
trahison de Constance (ironie des mots qui s'ajoutait à l'ironie des choses), je me dirigeai vers Bougival où j'avais des amis, bons canotiers et buveurs
émérites. Ils m'accueillirent, eux, à bras ouverts;
et ce fut une longue promenade marine avec escale
à tous les cabarets, si bien que lorsque vint le soir,
j'avais perdu les plus élémentaires notions du
temps, de l'espace et de la civilité. Nous allâmes
au bal; j'y eus une discussion; je souffletai un
monsieur que je ne connaissais pas; je lui remis
ma carte... et puis... et puis... Le diable m'emporte

si j'en sais plus long. — Tout cela dansa, la nuit, dans mes rêves agités d'ivrogne, d'ivrogne par amour, s'entend...

Le lendemain matin, à neuf heures, juste quand je commençais à m'endormir profondément, on frappa à ma porte. Deux messieurs gantés me saluèrent et me demandèrent si je ne connaissais pas le but de leur visite. Le soufflet lâché à un inconnu me revint immédiatement en mémoire. — Parfaitement, messieurs, répondis-je, et je suis à la disposition de votre client.

Puis je leur donnai l'adresse de deux de mes amis, en invitant ceux-ci à ne pas discuter, et repris mon somme. Je sus, à quatre heures, que je me battais le lendemain matin, au bois de Boulogne, et j'allai travailler un peu le coup du poignet, ne me sentant qu'une envie médiocre de tuer un homme pour si peu de chose.

Exquis, le bois de Boulogne à cinq heures du matin. Tout embaumé de brouillards légers où semblent flotter les derniers parfums des belles promeneuses du soir. Ah! morbleu! si Constance eût été là, comme, plus généreux que Musset, je lui eusse volontiers pardonné! Les belles allées

pour les amoureux et qu'il était attirant, le grand
lac qui fumait, avec sa bordure de gazon où le soleil naissant mettait une étincelle à chaque goutte
de rosée... Mon ennemi ne fut pas moins exact que
moi. A ma grande surprise, ce n'était pas un bam-
bocheur comme je m'attendais à en trouver un devant moi. Car il m'était impossible de me rappeler
les traits du giflé. Non! pas du tout. Un aspect de
bon bourgeois, de commerçant aisé, d'homme régulier dans la vie. Et ce sournois allait danser, le
dimanche, dans les bastringues de Bougival! Fiez-
vous donc aux airs de vertu des notables commer-
çants! Hypocrite, va!... Il tirait d'ailleurs comme
une savate et je n'eus pas grand'peine à lui poser
un joli dégagement sur l'avant-bras. Un jet de sang,
une vraie fusée de pourpre me montra que j'avais
piqué plus fort que je n'en avais l'intention et j'en
eus quelques remords. Après tout, les torts étaient
de mon côté et ce monsieur venait de se conduire
sur le terrain en très galant homme.

Spontanément, je m'avançai et, tandis qu'on
achevait de lui bander le bras, je lui tendis la main.
Mais lui, très pâle, et avec une effrayante expression de rancune dans le visage :

— Pas avant, monsieur, que vous m'ayez exprimé
le regret d'avoir gravement insulté une honnête
femme.

— Une honnête femme! La danseuse de Bougi-val! Allons donc! répliquai-je, furieux à mon tour.

— Ma femme! à Bougival! hurla le blessé.

Et ses témoins s'avançant vers moi :

— Monsieur, ce que vous faites là est indigne! me dirent-ils en crispant leurs poings. Et tous deux me lancèrent leur carte à la figure.

Allons, bon! deux affaires sur les bras!

— Mais, au fait, demandai-je à mes témoins, avez-vous éclairci le point de savoir pourquoi j'ai souffleté monsieur?

— Vous ne m'avez jamais souffleté, misérable! cria ma victime.

— Comment! je ne vous ai jamais souffleté? Et de quoi me demandez-vous raison?

— De la carte abominable que vous avez glissée hier matin sous la porte de ma femme.

— Constance! votre femme! Allons, monsieur, vous vous moquez de moi.

— Non, monsieur, pas Constance! ma femme, ma vraie femme, madame Paturot! Nous avons le malheur de demeurer, il est vrai, au-dessous d'une drôlesse qui porte le nom que vous venez de dire.

Un jour affreux se faisait dans mon esprit... Je m'étais trompé d'étage!

— Il y a donc un entresol dans votre maison? murmurai-je déjà confus.

— Certainement, monsieur !

Que faire !... je contai la vérité à tout le monde avec un tel accent de sincérité, que M. Paturot lui-même fut convaincu. Ce fut lui, cette fois-là, qui me tendit la main. Ses témoins me redemandèrent leurs cartes et m'assurèrent de leur profonde estime. Tout était fini, et heureusement fini !... Je le croyais, au moins. Mais un de mes témoins, à moi, un petit monsieur assez grincheux, s'avançant :

— Pardon, mon cher, me dit-il, mais tu as traité d'imbécile sur ta carte le monsieur qui, dimanche, te faisait cocu avec Constance... Eh bien, ce monsieur, c'était moi.

— Toi.

— Parfaitement, et tu me rendras raison.

— Certes, mais demain, si tu veux bien attendre.

Tel fut le motif de mon second duel et comment commença ma carrière de spadassin. En faisons-nous trois à l'épée de combat?

Et mon éminent adversaire remit son masque, son gant, et s'en fut décrocher une épée au mur de la salle.

LA BÉCASSE

— Et vous la chassez ?

— Avec une méthode infinie, mon cher Landrimol. Je me lève à cinq heures du matin ; ça fait enrager ma femme, mais je m'en fiche ! Je fais avaler à mon chien Rustaud une pâtée apéritive. Ça le met extraordinairement en train. Puis nous nous aventurons tous les deux alentour des marais où ces savoureuses bêtes abondent. Rustaud se plonge dans l'eau à plein poitrail. Ah ! ce n'est pas une chose aisée ! Mon fusil me pèse souvent lourdement à l'épaule avant que j'entrevoie ce tant précieux et délicat gibier ! Mes guêtres me suent aux mollets, la bise me fouette au visage ; je marronne ; je sacre. Je jure comme un païen. Ainsi ai-je passé des journées tout entières pour tuer une ou deux de ces méchantes volailles qui n'ont vraiment aucune

vocation pour la casserole, bien que j'y jette, pour
adoucir les affres de leur cuisson, les plus appétis-
sants condiments du monde, du poivre en grain,
des échalotes fraîches, des morilles quand c'est la
saison, enfin tout ce qui peut consoler un comestible par l'attrait de la bonne compagnie.

Ah! les bougresses! ce qu'elles m'ont valu de
rhumes de cerveau! Rustaud, lui aussi, mon fidèle
Rustaud, a gagné des rhumatismes à leur recherche.
Il a la queue ankylosée et ce lui est un grand chagrin de ne plus pouvoir témoigner son affection par
de jolis petits tressautements de cet appendice
caudal où gît le plus clair de la physionomie du
chien. Ah! si les hommes pouvaient!... Mais non!
Cette pantomime leur est interdite par la nature.
Ici, Rustaud! Vous voyez comme se traîne la pauvre
bête, en zigzags sur ses pattes atrophiées, avec
des mouvements de tire-bouchon dans les reins!
Tout ça pour m'avoir trop accompagné dans mes
chasses à la bécasse, parmi les eaux stagnantes
bordées de roseaux qu'affectionnent ces animaux
tout à fait intelligents en matière de confortable.

— Vous êtes bien bon de vous donner tant de
peine! fit le conseiller Landrimol, de la cour de
Marseille.

— Vous n'aimez donc pas la bécasse?

— Si! mais je la prends bien plus simplement.

15

*
* *

— Mon procédé, continua le magistrat, est le plus
simple du monde. J'en ai trouvé, à vrai dire, le secret dans les aventures du baron de Crac, de
joyeuse mémoire. Tout le monde croit que c'est une
mauvaise plaisanterie. Eh bien! dans les Bouches-
du-Rhône, nous ne faisons plus autrement. Nous
sommes des malins, dans les Bouches-du-Rhône!
Si l'infortuné Gailhard était né à la Canebière, au
lieu de se contenter bêtement de voir le jour sur les
bords de la Garonne, il ne serait pas simplement,
avec le toupet naturel dont le ciel l'a doué, directeur de l'Opéra et associé d'un marchand de beurre
à la criée, ce qui est un peu humiliant pour un
hidalgo portant le nom de Pietro, mais il serait au
moins président de la République, et c'est lui qui
protégerait le doux Constans, archange du Tonkin.

Enfin, chez nous, la chasse à la bécasse est une
simple plaisanterie. Nous achetons une écumoire
chez le premier ferblantier venu, et nous l'allon-
geons entre les hautes herbes qui dominent les ma-
récages. Au-dessous, un appât friand est attaché.
Bing! bing! la bécasse arrive, et, stupidement,
cherche à piquer de son long bec la tant appétissante pâture. Son bec s'engage dans un des trous

de l'écumoire et un bon marteau le rive dans l'ori-
fice qu'il remplit. Il ne reste qu'à cueillir l'animal
par le dos, sans lui rebrousser les plumes, à le dé-
pouiller de celles-ci, à le barder de lard fin, sans
l'en prévenir, et à le jeter dans une casserole de
terre où il mijote avec un murmure doux, sur un
feu doux également, jusqu'à parfaite cuisson.
Après quoi, les vrais gourmets la saupoudrent de
genièvre, comme on fait pour les simples grives,
qu'on préfère aux merles chez nous. Voilà, mon
garçon, la vraie façon de chasser la bécasse.

*
* *

— J'en sais une autre, dit le docteur Pérassi, de
la Faculté de Milan. Mais elle repose sur une donnée
philosophique dont il importe, tout d'abord, que je
vous entretienne.

Les vrais gourmets dont vous parliez tout à
l'heure se distinguent des simples mangeurs par
une absence totale de préjugés. Pour eux, le
meilleur de l'animal est dans la partie qu'on a coutume de supprimer avant de manger les autres volailles. Vous sentez d'ici? Une bécasse vidée ne
vaut absolument rien. C'est un fait acquis à la
science culinaire dont je me flatte d'être un des plus
vaillants promoteurs.

Et, ce disant, le docteur Pérassi caressait doucement son ventre comme on fait d'un cheval qui
vous a rendu courageusement service. Et il ajouta :

— Un fait curieux, extraordinaire et scientifique
au premier chef, c'est la réciprocité de goût entre
la bécasse et l'homme. Tous les naturalistes cons-
ciencieux ont, en effet, constaté depuis longtemps
que ce gibier est vivement attiré par les parfums
sublunaires que distille l'homme et qui ont fait sur-
nommer par les astronomes : Rose des vents, l'endroit charnel qu'il a coutume de poser sur les
sièges. Il m'est pénible de parler de ces assises
dont les gens bien élevés n'aiment guère à s'entretenir. Mais le fait est patent, indéniable. La bécasse
est attirée par les aromes naturels dont la culotte
est l'ordinaire encensoir et la cassolette providen-
tielle. Odeurs décriées des sots seulement, qui n'y
voient pas le soulagement harmonieux et embaumé
du plus grand nombre des misères.

— Au fait, Pérassi ! L'heure de l'absinthe approche et nous ne saurions nous rendre à son appel
sans vous avoir entendu jusqu'au bout.

— Or donc, fit Pérassi, voilà comment opèrent
les malins chasseurs de chez nous. Ils déposent
l'inexpressible qui, depuis la feuille de vigne dont
se contentait Adam, a pris des développements
absolument ridicules. Dans la tenaille naturelle et

bien charnue que ce dépouillement met à nu, ils
insinuent quelque beau grain de chènevis ou quelque
sorbe bien appétissante, quelque chose enfin dont
les bécasses soient absolument friandes. Or, après
la femme, cette bête est la plus friande que je con-
naisse. Vous avez deviné le dernier ressort du
piège? L'écumoire, bon Dieu! mais une écumoire
intelligente et sachant se fermer à temps. La bécasse, sans méfiance, s'en vient picorer dans cet
étroit mausolée, taquiner du bec le grain de mil
enterré à demi dans cet odorant cercueil. Un simple
serrement des lèvres et l'animal est pris. En vain,
il se débat. La fleur où il avait plongé, comme un
bourdon maladroit, s'est subitement refermée. Il
ne reste plus au chasseur qu'à faire le tour de ses
propres reins et à cueillir l'oiseau prisonnier qu'at-
tend un bon sautillement de lard frais et de persil
rissolé dans la poêle. Tout au plus, lui laisse-t-on
le temps de demander un rince-bouche. On a remarqué, d'ailleurs, que les bécasses ainsi capturées
avaient un fumet très particulier et tout à fait apéritif aux voluptés humaines qui ont besoin d'un
excitant quelquefois.

Et le docteur Pérassi alluma une cigarette, convaincu d'avoir généreusement défendu la vieille
gloire de son pays italien, lequel vient de conquérir
si magnifiquement l'Abyssinie, en faisant crever de

rire le Négus, un gentilhomme noir qui n'a pas
cependant, en général, l'esprit bien gai !

*
* *

L'excellent capitaine Munsterchopp prit, à son
tour, la parole.

— Il y a, dit-il, longtemps que nous connais-
sions, en Alsace, le procédé du docteur Pérassi
pour capturer les bécasses vivantes en leur pinçant
le bout du bec entre les lèvres que la divine Providence, nous a mises ailleurs que dans le visage.
Mais ne vous en déplaise, ô Landrimol ! Marseillais
plein d'astuce, ô Pérassi ! petit-fils de Machiavel,
nous sommes encore bougrement plus malins que
vous, car, à cette curieuse chasse, nous envoyons
nos femmes et elles prennent deux bécasses à tout
coup !

COMMENTAIRE

J'avais vu de bien vilains nez dans ma vie, mais jamais un seul aussi vilain que celui-là. Ce n'était pas, au moins, qu'il fût camus comme un gros sou ou bourgeonnant comme une fraise. Au contraire était-il plus long qu'un jour sans pain et lisse comme une glace. Son effilement était presque en tire-bouchon, comme un clou que l'étau a mordu. Il s'en allait de guingois, se resserrant un instant, pour s'épanouir ensuite ridiculement vers le bout. Ah! c'était un nez vraiment bien extraordinairement laid! Aussi celui qui le portait avait-il l'air profondément mélancolique. Notez que sans cet appendice grotesque, c'eût été un fort joli garçon. Ma curiosité satisfaite à son endroit, je me détournai moi-même de sa vue pour porter les yeux vers un autre coin du compartiment. Car j'ai omis de

vous dire que ceci se passait dans le train entre
Paris et Toulouse.

Cet autre coin était occupé par un gros monsieur
qui lisait *Gil Blas*, ce qui me donna tout de suite
bonne opinion de lui.

Décidément ce compagnon de route était un
homme tout à fait distingué. C'est un article de
moi qu'il lisait, mon article ayant pour titre : *La
Bécasse*. Il allait, sans doute, en dire tout haut son
opinion et j'allais goûter l'orgueil discret d'être
loué anonymement, volupté que les timides préfè-
rent à toutes les autres. Je me pourléchais les
lèvres avec appétit et j'ouvrais si grandes les
oreilles qu'un volant eût pu me traverser la tête sans
en toucher les bords.

Tout à coup le lecteur s'arrêta, froissa nerveuse-
ment le journal, et dit à son voisin qui le regardait
faire :

— Quelle sale bête que ce Silvestre !

*
* *

Ce sont choses que je n'aime pas à me laisser
dire en face. Mais que faire ? Dire :

— Pardon, monsieur, mais c'est moi, cette sale
bête !

C'est un peu dur. Et puis ceci peut passer pour

une opinion littéraire et nous autres, écrivains pu-
blics, nous n'avons pas le droit de regimber même
contre la critique du passant. Je m'étais trompé,
voilà tout. J'avais pris un serin pour un homme de
génie. Cela n'arrive pas en politique seulement.
Mon mépris pour ce sot s'accrut encore quand il
ajouta :

— Toutes ses histoires de gros derrières et de
musiques intestinales ne sont pour amuser que de
grossières gens. Je vous demande un peu ce que
cela a de comique. M. Pailleron a-t-il jamais re-
cours à de pareils moyens pour faire rire ! Aussi
M. Pailleron est-il de l'Académie et votre conteur
n'en sera-t-il jamais !

J'aurais pu certainement lui répondre que j'avais
une assez bonne compagnie, à défaut de l'autre,
dans les personnes des prosateurs anciens Rabelais et Montaigne et des poètes contemporains
Théophile Gautier et Théodore de Banville, les
plus parfaits peut-être du siècle. Et encore aurais-
je pu lui citer l'exemple de mon quasi-aïeul le
conseiller Gueulette, qui réjouissait les cours de
France et de Pologne avec des parades pleines de
seringues et de vilains mots. Mais je n'aime pas à
être mon propre avocat, bien que je ne me chicane
pas sur les honoraires.

— Moi, dit le voisin de cet imbécile, ce n'est pas

sa gauloiserie que je lui reproche, mais son igno-
rance.

(Avouez que j'étais en plein panégyrique !)

— Ainsi, continua-t-il, il a cité trois façons de
chasse de bécasse et a omis la plus amusante, celle
que nous pratiquons en Normandie.

— Voulez-vous réparer son erreur ?

— Très volontiers.

Cette fois-ci j'ouvris plus grandes les oreilles
pour ne rien perdre de cette occasion de m'instruire. Car je suis, avant tout, ce qu'on appelle,
dans l'Ecriture, un homme de bonne volonté.

*
* *

— C'est aussi simple, poursuivit celui qui avait
parlé sans qu'on l'interrogeât, et aussi convenable
que le procédé marseillais est odieux et répugnant.
La bécasse est gibier d'automne et adore les
sorbes qui pendent, rouges, aux arbres, les derniers ayant des fruits parmi les verdures déjà dé-
pouillées. Nos chasseurs se mettent en campagne
et chacun choisit quelque endroit favorable à son
entreprise, mystérieux et rassurant, pour les oiseaux de passage. Dans l'or d'un bon lit de feuilles
mortes, il s'enfonce de façon à se couvrir absolument de cette dépouille de branchages. Il ne laisse

un trou que pour se garder un peu d'air à respi-
rer, et il demeure là, couché, la bouche entr'ouverte avec une belle sorbe entre les dents. Vous
avez deviné, n'est-ce pas, le reste ? La bécasse
vient piquer du bec dans ce piège vivant qui se
referme par un simple mouvement des mâchoires,
et vous n'avez plus qu'à saisir, par ses ailes palpi-
tantes, l'oiseau prisonnier...

L'homme au nez extravagant se leva comme si
un ressort l'eût poussé.

— Jour de Dieu ! monsieur, fit-il d'une voix
pleine de colère, est-ce pour moi que vous racontez
cela !

Et il était livide absolument, chancelant de
fureur et se soutenant à peine.

Tout le monde se précipita vers lui.

— Na ! na ! calmez-vous ! on n'a rien pu dire
qui vous voulût offenser.

Le narrateur donna sa parole d'honneur que son
récit ne contenait ni allusion ni personnalité.

Le malheureux se calma, — et, d'une grande
irritation dans la voix, il passa soudain au ton de
l'abandon et de la confiance.

— C'est, fit-il tristement, que cette histoire parfaitement vraie me rappelle la plus sinistre aventure de ma vie.

Et comme un homme qui doit éprouver un grand

soulagement à conter ses peines, il poursuivit sur
un ton dolent, sans qu'aucun de nous l'y eût in-
vité :

*
* *

— Je suis Normand aussi, mes gentilshommes,
et de plus, j'ai été le plus joli Normand de ma ré-
gion où les faiseurs de procès sont, en général,
très bien de leur personne. Les femmes m'aimaient donc et je le leur rendais de mon mieux. Je
leur donnais volontiers mon âme et je leur prenais
autre chose. Le libre échange n'est pas seulement
la vie du commerce, mais aussi de l'amour. Mais
je n'avais jamais eu, depuis mes débuts dans le
négoce, une maîtresse qui m'eût offert rien d'aussi
agréable que madame Fessederoi (ainsi la nomme-
rai-je d'un faux nom pour ne point la compro-
mettre). Son mari, Fessederoi en personne, était
un de ces grands chasseurs de bécasses dont vous
parliez tout à l'heure, monsieur, et avait coutume
de les prendre par le procédé que vous avez si bien
indiqué.

On était à la mi-octobre, messieurs, et les feuilles
tombées jonchaient le sol d'un beau manteau flottant d'or fauve qui semblait se fondre en étincelles
tourbillonnantes, quand un souffle de vent le sou-

levait au soleil. Jamais la Nature n'est aussi belle
qu'en cette saison qui est comme l'adieu de toutes
les choses aimées, l'envolée mélancolique des derniers parfums et des dernières chansons. Madame
Fessederoi et moi la mettions consciencieusement
à profit, et nous ne manquions aucune occasion de
faire dans les bois rouillés de petits pèlerinages
crépusculaires pendant que son mari, las d'avoir
chassé tout le jour, dormait sur quelque banc du
jardin et ronflait à éteindre les lucioles dans la
profondeur des bordures.

Pour ces cérémonies d'un culte automnal que je
recommande à tous les tempéraments dévots, nous
dressions de petits autels en feuilles mortes, sur
lesquels nous chantions les vespres à notre rus-
tique façon, et souvent ne craignions-nous pas
d'ajouter un psaume de notre composition à ceux
de la liturgie. C'était une personne tout à fait re-
ligieuse que madame Fessederoi, et qui avait
toujours à redire quelques petites prières d'actions
de grâces, avant de quitter l'office. Moi aussi, j'étais
infiniment fervent, et je ne lui épargnais pas les
caresses. Les premières étoiles s'allumaient
comme des cierges sous le dais d'azur sombre du
ciel et, au bas du coteau, la rivière avait des mu-
gissements d'orgues tout à fait délicieux. Les personnes sans foi sont décidément bien à plaindre.

— Sacristi! me dit ma bonne amie, en revenant
un de ces soirs-là de notre sainte promenade, j'ai
perdu une des boucles d'oreille en corail que mon
mari m'a données pour ma fête.

— Je sais l'endroit, ma mignonne, et vous l'irai
chercher demain de grand matin, lui répondis-je
pour calmer son souci.

Et cette bonne parole me valut encore une petite
dévotion le long du chemin.

L'inconnu s'arrêta un instant, comme si le courage lui manquait pour aller plus loin. Puis sur un
ton tout à fait résigné :

* *

— L'aube montait de l'horizon dans un grand
éparpillement de plumes de cygne, avec un souffle
frais qui vous mettait des roses au visage. Fidèle à
ma promesse, je m'étais levé dès patron-minet
(expression populaire et qui gagne tant à être mise
au féminin) pour aller à la recherche de l'objet si
malencontreusement perdu. Je retrouvai assez bien
le chemin parcouru la veille, où, comme le Petit-
Poucet, j'avais émietté le pain charmant... du
souvenir — j'allais dire : du Péché, et mon cher
Paul Arène me le pardonne! Dans un endroit
couvert et dans une obscurité relative, j'arrivai

ainsi à un large tas de feuilles sous un chêne, que je crus bien reconnaître pour le temple où nous avions dit, madame Fessederoi et moi, nos derniers orémus. — Je suis myope, messieurs, et suis par conséquent obligé de regarder un peu avec le bout de mon nez, ce qui est bien malaisé aujourd'hui qu'il va plus loin que la vue de mes pauvres yeux ! — Un petit objet rouge et luisant était là, comme une piqûre de braise dans cette masse sombre. Le corail de la boucle d'oreille, certainement ! Pour mieux m'en assurer, je penchai mon visage. J'y touchais presque, quand je me sentis véhémente- ment happé par les narines et si violemment mordu au gras du nez que je faillis me trouver mal de douleur. Je tirais comme un enragé pour me dégager, mais deux mains s'étaient abattues sur mes épaules et tous mes efforts ne faisaient que me tordre le nez entre les dents furieuses qui ne lâchaient pas.

Un mouvement désespéré me dégagea. Un homme surgit du tas de feuilles. C'était M. Fesse-deroi, en chair et en os. Il paraissait abasourdi. Voyant mon état piteux il voulut bien s'excuser et m'expliquer qu'il était venu là à l'affût de la bé-casse, qu'il s'était endormi et que l'approche malen-contreuse de mon nez, l'interrompant dans son rêve, l'avait ramené au sentiment pratique de la chasse.

Ah ! j'étais bien avancé.

Les femmes ! mes gentilshommes, les femmes !
La sienne creva de rire en apprenant l'aventure et
fut la première à se moquer de moi. Comme j'étais
devenu laid, elle prit un autre amant, en lui re-
commandant de faire attention à la bouche de son
mari. Ainsi ma vie et mon amour furent brisés du
même coup. Et voilà pourquoi je voyage maintenant.

Le narrateur se tut. Nous avions tous les larmes
aux yeux.

Le monsieur qui avait froissé *Gil Blas* si impatiemment se contenta de dire :

— Il y en a un qui ne nous contera jamais de ces
touchantes histoires. C'est cette sotte bête de...

AUTRE COMMENTAIRE

Le diable m'emporte ! Depuis mon histoire du
Pantalon d'Isaac, qui fut mon vrai début à *Gil Blas*,
il y a quelques lunes déjà de cela, — car vous savez
que je compte volontiers par lunes, — aucun de
mes futiles mais véridiques récits ne m'avait valu
autant de lettres que *celui de la Bécasse*. C'est une
avalanche, et, pour être franc, j'avouerai que d'au-
cuns en semblent véhémentement scandalisés, ce
que je ne saurais comprendre. Car je ne sais rien
de plus innocent que ce qui n'est écrit que pour
faire rire. La morale n'est pas si fort ennemie que
cela de la gaieté et la vertu n'a pas pour compagnon nécessaire l'ennui. Nos aïeux étaient de
braves gens qui n'en aimaient pas moins les gau-
loiseries.

D'autres, plus bienveillants, m'assurent qu'ils

16

n'ont pris la plume que pour m'être agréables ou utiles. Et, dans ce double but, évoquent-ils la mémoire d'aventures analogues connues d'eux seuls et dont j'aurais pu également tirer quelque profit. Mais j'invente volontiers moi-même ce genre de billevesées. De toutes ces narrations cependant, j'en ai gardé une et vous la traduirai en mon français personnel, pour ce que le fond m'en a semblé vraiment plaisant et d'une imagination amusante. Son auteur m'affirme qu'il a porté autrefois l'épée. Camarade, topez là! Et sans rancune, si je dérange quelque chose à votre petit poème.

Le héros en est un simple sergent de notre campagne africaine. Il se nommait Balthasar, était de Marseille et ne mentait jamais. Contrairement à la plupart de ses compatriotes, ce néo-Phocéen était de très haute taille et tout à fait herculéen d'aspect. Ancien travailleur du port, dans sa jeunesse déjà robuste, il jouissait d'une telle vigueur musculaire, qu'entre son biceps et son avant-bras il écrasait, d'un seul mouvement, les plus grosses noix, à moins qu'il ne les mît entre deux de ses doigts pour les aplatir comme de simples mies de pain. Tout son individu participait de cette force extraordinaire répartie d'un bout à l'autre de son être.

C'était, de plus, un paillard fort distingué, entreprenant en diable, toujours prêt à l'assaut, et ce

lui était un jeu de mettre à mal toutes les femmes
arabes qu'il pouvait, son principe étant que c'était
par ce procédé que se ferait le plus aisément la
colonisation et l'infusion des idées françaises dans
le cœur du pays conquis. En voilà un qui était
pour la politique coloniale, un civilisateur enragé!

Vous le connaissez maintenant aussi bien que
moi-même qui ne l'ai jamais vu.

⁂

Le colonel Borniche, qui ne badinait pas avec la
discipline, avait imaginé un mode de punition très
ingénieux pour les soldats qui avaient failli. Car,
en ce temps-là, un militaire n'aurait pas tenté de
livrer nos fusils à l'ennemi sans se faire fusiller
proprement, et j'estime que c'était bien uniquement parce qu'on avait déjà aboli la torture. Car
ce genre de plaisanterie mériterait la roue ou le
chevalet pour le moins. C'était à de bien moindres
fautes d'ailleurs que s'adressait le châtiment édicté
par le père de son régiment. Le délinquant était
mis en faction avec un fusil sur chaque bras, dans
la pose réglementaire, et, pour rien au monde, il
ne devait quitter cette fatigante attitude. Car les
fusils de ce temps-là pesaient encore bien plus que
ceux d'aujourd'hui. Deux ou trois heures de cet

exercice constituaient un supplice véritable et les plus résistants en sortaient absolument exténués.

Or, c'est quatre heures de cette punition que notre ami Balthasar avait encourues.

— Pour quel méfait, grand Dieu?

— Parbleu, toujours la même chose. L'honneur d'un indigène mis à sac, ce qui ne serait rien, mais rentrée tardive au campement, ce qui était autrement grave. Cet animal de Balthasar s'était laissé condamner sans réplique. L'animal ne se plaignait de rien. C'est qu'elle était adorable la femme de l'usurier Ibrahim, avec laquelle il avait passé tout le temps dérobé au service ; un peu bistrée de peau, sans doute, mais ferme et de forme élégante comme un bronze florentin, une merveille que le soleil avait mûrie pour les délices d'un époux bien plus occupé à faire fortune que d'en jouir comme l'eût fait un sage. Cet Ibrahim n'avait rien su de l'aventure, mais il avait contre Balthasar un autre sujet de rancune : celui-ci ayant trouvé le moyen de lui emprunter quelquefois de l'argent qu'il ne lui avait jamais rendu. Alors, ce n'est pas seulement l'honneur qu'il dérobait aux maris? — Pardon, mais je ne vous ai pas donné ce Balthasar, dont vous me fatiguez les oreilles, pour un modèle de délicatesse.

— Ça t'apprendra, mon gaillard! avait dit le co-

lonel Borniche en lui désignant le point où il devait
demeurer, le chien de son double mousquet engagé
sur le cubitus.

* *

Il y avait déjà trois heures et demie qu'il était en
faction et les forces étaient près de lui défaillir,
quand Ibrahim, qui avait appris la chose, s'en vint
courageusement le railler, puisque l'autre, ayant
les deux bras occupés, ne le pouvait attaquer d'aucune façon.

— Ah! ah! sergent! cela est moins agréable
sans doute que de manger l'argent qu'on a dérobé!

Et lâchement, avec une colère méchante, le drôle
abusait de la situation pour vilipender, en mille
propos insultants, le pauvre militaire qui, fidèle à
l'inexorable consigne, ne pouvait se défendre. Balthasar, ne pouvant agir, ne parlait pas davantage.
C'est un exemple qu'on pourrait donner aux dé-
putés dont nous jouissons. Mais il méditait sous
l'insulte. A quoi s'arrêtait sa pensée? A rien de
bien précis, mais certainement à un furieux désir
de se venger.

— Et comment, s'il vous plaît, sergent, avez-vous
pu mériter d'être traité de la sorte?

Le front de Balthasar s'éclaira. L'idée se faisait

nette dans son esprit. Très simplement et sans
émotion apparente, il répondit, cette fois-ci :

— En dérobant un diamant à la femme de mon
colonel.

— Un gros diamant? fit Ibrahim avec un éclair
dans les yeux.

— Un des plus beaux que j'aie vus, reprit le sergent.

— Et vous avez été obligé de le rendre?

— Je ne l'ai pas encore pu.

— Que voulez-vous dire?

— Que l'ayant avalé, pour ne pas être pris le
corps du délit à la main (car je suis châtié sur une
simple présomption, mais zuze un peu, mon bon,
si on avait eu des preuves!), il est si mal engagé
dans un endroit malséant, que je ne saurais dire,
qu'il n'en peut plus sortir et me cause d'intolérables
douleurs.

L'usurier était pensif devant cette révélation.

— Il vous est donc formellement interdit, reprit-
il lentement, après un moment de silence, de
quitter les deux armes posées sur vos bras?

— Sous les peines les plus sévères.

— Et, dans aucun cas, vous ne les déposeriez à
terre, même un instant?

— J'aimerais mieux mourir que de violer la consigne du colonel, fit l'héroïque sergent.

— Eh! bien, attends un peu! s'écria Ibrahim, qui, lui aussi, avait sa minute d'inspiration.

* *

Malgré les protestations du sergent, dont les deux bras demeuraient soudés et immobiles sous leur charge, les mains prisonnières et comme rivées sur le ventre, malgré les injures et les coups de pied qu'il tenta de lui détacher à la façon des bourriques qui ruent, Ibrahim, adroit comme un singe, fit tomber le ceinturon du sergent et sa lourde giberne. Puis il souleva les pans épais de sa capote, déboutonna vivement ses bretelles et abattit son pantalon sur ses guêtres blanches, lui prenant ainsi le bas des jambes dans une façon de lacet... Ah! voici qui est moins commode à dire. Mais vous avez cependant bien vu quelquefois un gourmet malappris engager ses doigts au croupion d'une dinde pour y voler plus sûrement une truffe. C'est la manœuvre que fit exactement l'usurier pour conquérir le diamant obturateur. Mais il avait compté sans le piège tendu à sa naïveté. Par une brusque contraction le sergent emprisonna l'imprudent et trop familier index, et, les deux bras toujours ployés autour de la crosse de ses deux fusils, sans manquer un seul instant à la pose ré-

glementaire, d'un pas ferme, il prit le chemin du
campement, traînant derrière soi son captif qui
vainement se débattait, tirait et se faisait traîner
comme une bête qu'on mène à l'abattoir. Cette
capture produisit un effet énorme sur le régiment
tout entier. Ibrahim, convaincu d'avoir insulté une
sentinelle française, fut décapité.

— Gardez-moi ses cornes! avait dit férocement
le vindicatif sergent Balthasar.

Celui-ci fut décoré un an après, mais pour plusieurs autres faits d'armes ajoutés à celui-là. Car
c'était un vaillant homme que ce trousseur d'honnêtes dames...

Comme j'achevais d'écrire ce conte incongru,
mon ami Jacques qui, pendant ce temps-là, le lisait
sur mon épaule, me dit :

— J'avais entendu conter une histoire analogue
à Marseille. Mais elle était bien plus inconvenante
que celle-là.

— Dieu en soit loué! m'écriai-je. Ce sera pour
les lecteurs de la *Revue des Deux-Mondes*.

Et je serrai la main de mon ami Jacques.

FIN

TABLE

---

250 TABLE

ÉMILE COLIN — IMPRIMERIE DE LAGNY

AUTEURS CÉLÈBRES

à 60 centimes le volume.

En jolie reliure spéciale à la collection **1 fr.** le volume.

Envoi franco contre mandat ou timbres-poste.

CHAQUE OUVRAGE EST COMPLET EN UN VOLUME

www.ingramcontent.com/pod-product-compliance
Lightning Source LLC
Chambersburg PA
CBHW070456030726
47503CB00004B/1066